目 录
Contents

绪　论

●一

　　孔子的人文主义能否叫中国人感到十分的满足呢？答复是：它能够满足，同时，也不能够满足。假使已经满足了人们内心的欲望，那么就不复有余地让道教与佛教得以传播了。孔子学说之中流社会的道德教训，神妙地适合于一般人民，它适合于服官的阶级，也适合向他们叩头的庶民阶级。

　　但是也有人一不愿服官，二不愿叩头。他们具有较深邃的天性，孔子学说未能深入感动他们。孔子学说依其严格的意义，是太投机，太近人情，又太正确。人具有隐藏的情愫，愿披发而行吟，可是这样的行为非孔子学说所容许。于是那些喜欢蓬头跣足的人走而归于道教。如前所述，孔子学说的人生观是积极的，而道家的人生观则是消极的。道家学说为一大"否定"，而孔子学说则为一大"肯定"。孔子以义为礼教，以顺俗为旨，辩护人类之教育与礼法。而道家呐喊重返自然，不信礼法与教育。

　　孔子设教，以仁义为基本德行。老子却轻蔑地说："失道而后德，失德而后仁，失仁而后义……"孔子学说的本质是都市哲学，而道家学说的本质为田野哲学。一个摩登的孔教徒大概将取饮城市给照的 A 字消毒牛奶，而道教徒则将自农夫乳桶内取饮乡村牛奶。因为老子对于城市照会、消毒、A 字甲级，等等，必然将一例深致怀疑，而这种城市牛奶的气味将不复存在天然的乳酪香味，反而氤氲着重重的铜臭气。谁尝了农家的鲜牛奶，谁会不首肯老子的意见或许是对的呢？因为你的卫生官员可以防护你的牛奶免除伤寒菌，却不能免除文明的蛊虫。

孔子学说中还有其他缺点，他过于崇尚现实，而太缺乏空想的意象的成分。中国人民是稚气地富有想象力，有几许早期的幻异奇迹，或称之为妖术及迷信及其心理仍存留于中国人胸中。孔子的学说是所谓敬鬼神而远之；他承认山川之有神祇，更象征地承认人类祖考的鬼灵之存在。但孔子学说中没有天堂地狱，没有天神的秩位等级，也没有创世的神话。他的纯理论，绝无掺杂巫术之意，亦无长生不老之药。其实处于现实氛围的中国人，除掉纯理论的学者，常怀有长生不老之秘密愿望。孔子学说没有神仙之说，而道教则有之。总之，道教代表神奇幻异的天真世界，这个世界在孔教思想中则付之阙如。

故道家哲学乃所以说明中国民族性中孔子所不能满足之一面。一个民族常有一种天然的浪漫思想与天然的经典风尚，个人亦然。道家哲学为中国思想之浪漫派，孔教则为中国思想之经典派。确实，道教是自始至终浪漫（romance）的：第一，他主张重返自然，因而逃遁这个世界，并反抗狡夺自然之性而负重累的孔教文化；其次，他主张田野风的生活、文学、艺术并崇拜原始的淳朴；第三，他代表奇异幻象的世界，加缀之以稚气的、质朴的"天地开辟"之神话。

中国人曾被称为实事求是的人民，但也有他的浪漫的特性的一面；这一面或许比现实的一面还要深刻，且随处流露于他们的热烈的个性，他们的爱好自由，和他们的随遇而安的生活。这一点常使外国旁观者为之迷惑而不解。照我看来，这是中国人民之不可限量的重要特性。每一个中国人的心头，常隐藏有内心的浮浪特性和爱好浮浪生活的癖性。生活于孔子礼教之下，倘无此感情上的救济，将是不能忍受的痛苦。所以道教是中国人民的游戏姿态，而孔教为工作姿态。这使你明白每一个中国人，当他成功发达而得意的时候都是孔教徒，失败的时候是道教徒。道家的自然主义是服镇痛剂，所以抚慰创伤了的中国人之灵魂者。

那是很有兴味的，你要知道道教之创造中华民族精神倒是先于孔子，你再看他怎样经由民族心理的响应而与解释鬼神世界者结合同盟。老子本身与"长生不老"之药毫无关系，也不涉于后世道教的种种符箓巫术。他的学识是政治的放任主义与论理的自然主义的哲学。他的理想政府是清静无为的政府，因为人民所需要的乃自由自在而不受他人干涉的生活。老子把人类文明看做退化的起源，而孔子式的圣贤被视为人民之最坏的腐化分子。宛似尼采把苏格拉底看做欧洲最大的坏蛋，故老子俏皮地讥讽说："圣人不死，大盗不止。"继承老子思想，不愧后起之秀者，当推庄子。庄子运其莲花妙舌，对孔教之假道学与不中用备极讥诮。

讽刺孔子哲学固非难事，他的崇礼仪、厚葬久丧并鼓励其弟子钻营官职，以期救世，均足供为讽刺文章的材料。道家哲学派之憎恶孔教哲学，即为浪漫主义者憎恶经典派的天然本性。或可以说这不是憎恶，乃是不可抗拒的嘲笑。

从彻头彻尾的怀疑主义出发，真只与浪漫的逃世而重返自然相距一步之差。据史传说：老子本为周守藏室史，一日骑青牛西出函谷关，一去不复返。又据《庄子》上的记载：庄子钓于濮水，楚王使大夫二人往先焉，曰："愿以境内累矣。"庄子持竿不顾，曰："吾闻楚有神龟，死已三千岁矣，王巾笥而藏之庙堂之上。此龟者，宁其死为留骨而贵乎？宁其生而曳尾于涂中乎？"二大夫曰："宁生而曳尾涂中。"庄子曰："往矣！吾将曳尾于涂中。"从此以后，道家哲学常与遁世绝俗、幽隐山林、陶性养生之思想不可分离。从这点上，我们摄取了中国文化上最迷人的特性即田野风的生活、艺术与文学。

或许有人会提出一个问题：老子对于这个逃世幽隐的思想该负多少

责任？殊遽难下肯定之答复。被称为老子著作的《道德经》，其文学上之地位似不及"中国尼采"庄子，但是它蓄藏着更为精练的俏皮智慧之精髓。在我看来，这一本著作是全世界文坛上最光辉灿烂的自保的阴谋哲学。它不啻教人以放任自然，消极抵抗。抑且教人以守愚之为智，处弱之为强，其言曰："……不敢为天下先。"它的理由至为简单，盖如是则不受人之注目，故不受人之攻击，因能立于不败之地。所以他又说："……以其不争，故天下莫能与之争。"尽我所知，老子是以浑浑噩噩、藏拙蹈晦为人生战争利器的唯一学理，而此学理的本身，实为人类最高智慧之珍果。

老子觉察了人类智巧的危机，故尽力鼓吹"无知"以为人类之最大福音。他又觉察了人类劳役的徒然，故又教人以无为之道，所以节省精力而延寿养生。由于这一个意识使积极的人生观变成消极的人生观。它的流风所被，染遍了全部东方文化色彩。如见于《野叟曝言》及一切中国伟人传记，每劝服一个强盗或隐士，使之与家庭团聚而重负俗世之责任，常引用孔子的哲学理论；至遁世绝俗，则都出发于老庄的观点。在中国文字中，这两种相对的态度称之为"入世"与"出世"。有时此两种思想会在同一人心上掀起争斗，以期战胜对方。即使在一生的不同时期，或许此两种思想也会此起彼伏，如袁中郎之一生。举一个眼前的例证则为梁漱溟教授，他本来是一位佛教徒，隐栖山林间，与尘界相隔绝；后来却恢复孔子哲学的思想，重新结婚，组织家庭，便跑到山东埋头从事乡村教育工作。

中国文化中重要特征之田野风的生活与艺术及文学，采纳此道家哲学之思想者不少。中国之立轴中堂之类的绘画和瓷器上的图样，有两种流行的题材，一种是合家欢，即家庭快乐图，上面画着女人、小孩，正在游玩闲坐；另一种则为闲散快乐图，如渔翁、樵夫或幽隐文人，悠然闲坐松荫之下。这两种题材，可以分别代表孔教和道教的人生观念。樵夫、采药之士和隐士都接近于道家哲学，在一般普通异国人看来，当属匪夷所思。下面一首小诗，它就明显地充满着道家的情调：

> 松下问童子，
> 言师采药去。
> 只在此山中，
> 云深不知处。

此种企慕自然之情调，差不多流露于中国所有的诗歌里头，成为中国传统的精神一主要部分。不过孔子哲学在这一方面亦有重要贡献，崇拜上古的淳朴之风，显然亦为孔门传统学说之一部分。中华民族的农业基础，一半建筑于家庭制度，一半建筑于孔子哲学之渴望黄金时代的冥想。孔子哲学常追溯尧舜时代，推为历史上郅治之世。那时人民的生活简单之至，欲望有限之至，有诗为证：

> 日出而作，日入而息。
> 掘井而饮，耕田而食。
> 帝力于我何有哉！

这样崇拜古代，即为崇拜淳朴。在中国，这两种意识是很接近的，例如人们口头常说"古朴"，把"古代"和"素朴"连结成一个名词。孔子哲学对于家庭之理想，常希望人能且耕且读，妇女则最好从事纺织。下面我又摘录一首小词。这是十六世纪末期陈眉公（继儒）遗给其子孙作为家训的箴铭的。这首词表面上似不属于道家哲学，而实际上歌颂素朴生活无异在支助道家哲学：

清平乐·闲居书付儿辈

有儿事足，一把茅遮屋。若使薄田耕不熟，添个新生黄犊。闲来也教儿孙，读书不为功名。种竹，浇花，酿酒；世家闭户先生。

中国人心目中之幸福，所以非为施展各人之所长，像希腊人之思想，而为享乐此简朴田野的生活而能和谐地与世无忤。

道家哲学在民间所具的真实力量，乃大半存于其供给不可知世界之材料，这种材料是孔教所摈斥不谈的。《论语》说：子不语怪力乱神。孔子学说中没有地狱，也没有天堂，更没有什么精魂不灭的理论。他解决了人类天性的一切问题，却把宇宙的哑谜置而不顾。就是解释人体之生理作用，也属极无把握。职是之故，他在他的哲学上留下一个绝大漏洞，致令普通人民不得不依赖道家的神学，以解释自然界之神秘。

拿道家神学来解释宇宙之冥想，去老庄时代不久即见之于《淮南子》（刘安，前179—前122），他把哲学混合于鬼神的幻境，记载着种种神话。道家的阴阳意识，在战国时代已极流行，不久又扩大其领域，参入古代齐东野人之神话。据称海外有仙山，高耸云海间，因之秦始皇信以为真，曾遣方士率领五百童男童女，入海往求长生不老之药。由是此基于幻想的立脚点遂牢不可破，而一直到今天，道教以一种神教的姿态在民间独得稳固之地位。尤其是唐代，道教曾经长时期被当做国教，因为唐代皇帝的姓氏恰与老子同为"李"字。当魏晋之际，道教蔚成一时之风，其势力骎骎乎驾孔教而上之。此道教之流行，又与第一次中国文学浪漫运动有联系，并为经汉儒改制的孔教礼仪之反动，有一位著名诗人曾把儒者拘留于狭隘的仁义之道譬之于虮虱爬行裤缝之间。人的天性盖已对孔教的节制和他的礼仪揭起了革命之旗。

同时，道教本身的范围亦乘机扩展开来，在它的学术之下又包括了医药、生理学、宇宙学（所谓宇宙学大致是基于阴阳五行之说而用符号来解释的）、符咒、巫术、房中术、星相术，加以天神的秩位政体说，以及美妙的神话。在其行政方面，则有法师大掌教制度——凡属构成通行而稳定的宗教所需之一切行头，无不应有尽有。它又很照顾中国的运动家，因为它还包括拳术之操练。而巫术与拳术联结之结果，产生汉末的黄巾之乱。尤要者，它贡献一种锻炼养生法，主要方法为深呼吸，所谓吐纳丹田之气，据称久练成功，可以跨鹤升天而享长生之乐。道教中最紧要而有用之字，要算是一"气"字，但这气未知是空气之气，还是嘘气之气，抑或是代表精神之气。气为非可目睹而至易变化的玄妙的东西，它的用途可谓包罗万象，无往而不适，无往而不通，上自彗星的光芒，下而拳术深呼吸，以至男女交媾。所可怪者，交媾乃被当做追求长生过程中精勤磨炼的技术之一，尤多爱择处女焉。道家学说总而言之是中国人想揭露自然界秘密的一种尝试。

一

在孔子的名声远播西方之前，西方少数的批评家和学者，早已研究过老子，并对他推崇备至。其实，我敢说，在这些了解东方的学者中，致力于老子研究的，超过研究孔子的由于老子《道德经》的篇幅少，才会成为中文书中外文译本最多的书籍，包括有十二种英译本和九种德译本[1]。

西方读者咸认为孔子属于"仁"的典型人物，道家圣者老子则是"聪慧、渊博、才智"的代表者。实则约在公元前136年，汉武帝独尊儒术前，我国的学者已发表过这种观点。

黄当说："老聃（老子）写了两章论虚无，反仁义，评礼教（儒家）的短文，崇拜他的人都认为，这些学说甚至比'五经'还要好。汉文帝、汉景帝（前188—前141）、司马迁（前145—前85）也曾发表过相同的看法。"[2]

儒道两家的差别，在公元前136年之后，被明显地划分了出来：官吏尊孔，作家诗人则崇老庄。然而，一旦作家、诗人戴上了官帽，却又走向公开激赏孔子，暗地研究老庄的途径[3]。

换言之，若以"箴言"作为鉴别中国圣者的条件，老子确实当之无愧，因为，老子的箴言传达了激奋，实非孔子沉闷乏味的"善"所能办到的。孔子的哲学是维护社会秩序的哲学，它所处理的是平凡世界中的伦常关系，非但不令人激奋，反易磨损人对精神方面的渴慕及幻想飞驰的本性。

这两家最大的异点：儒家崇理性，尚修身；道家却抱持反面的观点，偏好自然与直觉。

喜欢抗拒外物的人似乎总站在高处，较易于接受外界事物的一方更能吸引人。代表这两种典型的人，便是尊崇礼教的孔子和喜欢抗拒外物的自然主义者——老聃。

当一个人扮演过尽责的好父亲后，我们能够感觉到，在奥妙的知识领域里，对宇宙的神秘和美丽、生与死的意义、内在灵魂的震撼，以及不知足的悲感，究竟能体会多少？或许没有人能说出他确切的感受。但在《道德经》里，却把这些领受都泄露出来了。

看过《道德经》的人，第一个反应，便是大笑；接着就开始自嘲似的笑；最后才大悟到这才是目前最需要的教训。老子说："上士闻道（真理），勤而行之。中士闻道，若存若亡。下士闻道，大笑之。不笑不足以为道。"相信大半读者第一次研读老子的书时，第一个反应便是大笑吧！我敢这么说，并非对诸位有何不敬之意，因为我本身就是如此。

　　因此，那些上智的学者，便由讥笑老子、研究老子而成今日的哲学先驱，同时，老子还成了他们终生的朋友。

　　老子说："言有宗，事有君。夫唯夫知，是以不我知。"其对生命及宇宙的哲学观，四处散见于他的晶莹隽语中。有关老子的身世臆测和教条，我会在后文中详细剖析给各位读者。老子的隽语是出于现世见识的火花，和爱默生的"直觉谈"一样，对后人造成了很大的影响。若要了解他二人的隽语，势必先得深切透视其思想方可。

　　老子的隽语像粉碎的宝石，不需装饰便可自闪光耀。然而，人们心灵渴求的却是更深一层的理解，于是，老子这谜般的智慧宝石便传到变化繁杂的注释者手中。甚至在我国，许多学者将之译给与本国思想、观念完全不同的另一个英语世界。

　　有人认为，要了解老子，最好去研读早期道家学者——韩非和淮南子的翻译，因为，他们距离老子的时代非常近。

　　韩非（约前280—前233）曾经写过两篇对老子的注释（《解老》、《喻老》）。他在后篇描述老子隽语的功用论（人类生活及政治的实际运用）时，比前篇的哲学原理花费的工夫更多，所以内容也比较详尽。

　　淮南子（刘安，约前179—前122）也阐述了不少老子一书中的章节。此外，列子和文子的作品中，亦包含了相关的章节[4]。

　　不过，我以为了解老子的最好方法，便是配合庄子来研读。毕竟庄子是他的弟子，也是最伟大的道家代表人物。

　　就时间而言，庄子比韩非更接近老子思想的发展体系，此外，他们的观点几近完全一致。因此，从七万多字的《庄子》一书中选择精华，便不难说明老子思想的意蕴了，但一般人却很少做这种尝试。

　　远在基督诞生前几世纪，人们心目中的道家是"黄老学"。随后情况稍微改变，庄子渐受人喜爱，大家把他的名字与老子并列，并且公认他们的思想如出一辙。尤其到了秦、汉两朝（按：应为魏、晋）（4世纪），人们已不再视道家为"黄老之学"，而改称为"老庄哲学"。

道家文学及学者之所以受人欢迎，主要原因便是庄子散文的魅力；就吸引人的标准和思想形态来说，庄子不愧是古典时期的散文泰斗。

庄子的举止庄严高雅，言语活泼坚实，思想主观深奥，而外观却又极其古怪。如果强说他有什么缺点的话，或许就是他谈话诙谐，言辞过多，文句比喻和隐喻稍嫌敏锐吧！

写本书时，我几度钻研庄子的作品，发现其间许多用语，大都是他透过严格的文学手法创造出来的，甚至连最早以同法为文的《论语》，也赶不上他。

一般说来，老、庄思想的基础和性质是相同的。不同的是：老子以箴言表达，庄子以散文描述；老子凭直觉感受，庄子靠聪慧领悟；老子微笑待人，庄子狂笑处世；老子教人，庄子嘲人；老子说给心听，庄子直指心灵。

若说老子像惠特曼，有最宽大慷慨的胸怀，那么，庄子就像梭罗，有个人主义粗鲁、无情、急躁的一面。再以启蒙时期的人物作比，老子像那顺应自然的卢梭，庄子却似精明狡猾的伏尔泰。

庄子尝自述："思之无涯，言之滑稽，心灵无羁绊。"可见，他是属于嬉戏幻想的一型，站在作家的立场，他又是极端厌恶官吏的一派。

当然，一位看到儒家救世愚行的虚无主义者，多少想从其他方面获取某些娱乐性的补偿，如果只因儒家的失败，便期望他戴上一副沮丧的假面具，确是极不公平的要求。因此，西方人不必再批评孔子，因为单单庄子一人对他的攻击就已经够严苛了。

关于老子的事迹，我们几无所知，仅知他生于公元前571年的苦县，和孔子同一时代，年龄或较孔子长二十岁，出身世家，曾做过周守藏室的官，中年退隐，活了相当大的岁数（可能超过九十，但绝不似司马迁所说在一百六十岁以上），子孙繁多，其中某一世孙还做过官。

公元前 300 年的少数作品中，除了庄子曾谈到老子并加以注解外，就只有代表他本人的《道德经》提到过他了，因此有些学者对"老子这个人的存在"抱着极大的怀疑。导致这项怀疑的主因，是清代批评怀疑主义的盛行，尤其梁启超的评论，更使老子的书遭到致命的打击。他认为：老子的书是在公元前 300 年由某些人所杜撰的。

这许多没有依据、意欲惊人的言论，使得一般人几乎无法区别何为伪书，何为真著。因此，如果听到某位学者说哪本《老子》或《庄子》是伪书，却又无法提出充分的证据和理由时，我们还是不轻易置信。这种随意批评的风气，带给人们许多不便和反感 [5]。

庄子大约死于公元前 275 年，活了多大岁数不太清楚，他和孟子是同时代的人，是惠施最亲密的朋友，祖籍蒙县，曾任"蒙漆园吏"，结过婚，有没有小孩，史籍未记载。

一般人对他印象最深刻的是：当他妻子的棺木搁在屋角待葬时，他坐在地上"鼓盆而歌"，他的弟子问他何以如此时，世上最玄奥的生死谈便流露了出来 [6]。庄子最有名的智语，便是谈到他本身的死就是一大玩笑——那带着诗人感触的玩笑 [7]。

另一件有趣的事，便是有关他形态的变化。有一次他梦见自己变成了蝴蝶，在花丛间轻快地飞舞着，那时的他，一心认为自己就是蝴蝶，但当他清醒后，发觉刚才的一切不过南柯一梦，顿然若失，不禁自语道："不知周之梦为蝴蝶与，蝴蝶之梦为周与？" [8]

庄子尖锐的矛总是指向官方的奢华和显贵，当时的他真是极尽挖苦之能事，下面就是一例：

有一位寒生（宋国人）去京城晋谒皇帝后，带着皇帝送他的大批马车和随员衣锦还乡。他对自己的晋谒成功颇为自得，不时在人前露出骄傲的神色，一般人对他钦慕不已，唯独庄子说："秦王有病召医。破痈溃痤者，得车一乘。舐痔者，得车五乘。所治愈下，得车愈多。子岂治其痔邪？何得车之多也？"

写本书前，我为自己做了一篇老、庄思想索引，发现他二人教人的特性虽一致，表达的方法却颇不相同：

一、老子教人的原则在谦恭，他再三重复柔和、忍耐、争论之无益（不敢为天下先）、柔弱的力量和就低位的战术优势等思想，而在庄子的理论中是绝不可能看到这些言辞的。尽管如此，我们仍可确信他二人的哲学基础极为相同。庄子不是不喜欢谦恭，只是不愿说这两个字而已。

老子的不争，正是庄子口中的寂静、保守及透过平和以维持精神均衡的超然力量；老子认为水是"万物之至柔"和"寻向低处"的智慧象征，庄子则坚信水是心灵平静和精神澄澈的征象，是保存"无为"的巨力。

老子激赏失败，表现失败（老子是最早的伪饰家），庄子则嘲笑成功；老子赞扬谦卑者，庄子苛责自大的人；老子宣扬知足之道，庄子让人的精神在肉体之外"形而上学"中徜徉；老子无时不谈"柔"胜"刚"的道理，庄子则很少提到这个主题。

二、庄子不仅发展了一套完整的"知识、现实、语言"三者无用的理论，更由于深切体会到人类生命的悲哀，而将老子的哲学转为自己的诗谈，作为慰藉。从这种哲学的滋润，和对人类生命的感触中，他说出了惊古震今的生死论："梦饮酒者，旦而哭泣；梦哭泣者，旦而田猎。"[9] "是其所美者为神奇，其所恶者为臭腐，臭腐复化为神奇，神奇复化为臭腐。"[10]

这篇"灵魂的颤动"实是庄子或昔日我国作家的最佳创作。[11]

二

老子爱唱反调，几成怪癖。"无为而无不为"、"圣人非以其无私，故能成其私"，这种反论的结构恰如水晶之形成：把某一物质的温度收变，即成水晶，但成品却是许许多多的水晶体。

　　一件事理的基本观点和价值，与另一种普遍为人接受的观点完全相反时，便产生了反面论。耶稣的反论是："失去生命者，获得生命。"这种反论的起因，乃是把两类特殊的生命观（精神与肉体）融而为一，呈现在表面的，就是反面论。

　　到底什么思想使老子产生了那么多强调柔弱的力量、居下的优势和对成功的警戒等反面论呢？答案是：宇宙周而复始的学说——所谓生命，乃是一种不断的变迁，交互兴盛和腐败的现象，当一个人的生命力达到巅峰时，也正象征着要开始走下坡了，犹如潮水的消长，潮水退尽，接着开始涨潮。

　　老子说："心困焉而不能知，口辟焉而不能言，尝为女议乎其将。至阴肃肃，至阳赫赫，肃肃出乎天，赫赫发乎地；两者交通成和，而物生焉。或为之纪，而莫见其形；消息满虚，一晦一明，日改月化，日有所为，而莫见其功。生有所乎萌，死有所乎归，始终相反乎无端，而莫知乎其所穷。非是也，且孰为之宗。"[12]

　　另外一种研究老子之法，乃从爱默生的短文《循环论》着手。这篇文章的观点，基于道家思想，爱默生运用诗歌顿呼语"循环哲学家"中之"循环"，导出了与老子同样的思想体系。

　　爱默生强调："终即始；黑夜之后必有黎明，大洋之下另有深渊。"惠施亦言："日方中方睨。"另外，庄子也说道："在太极之先，而不为高；在六极之下，而不为深。"爱默生更谈道："自然无定"，"人亦无定"；所以，"新大陆建于旧行星的毁灭，新种族兴于祖先的腐朽"。

　　从这些循环论，爱默生发展了一套类似老子的反论："最精明即最不精明"，"社会的道德乃圣者之恶"，"人渴望安定，却得不到安定"，读者可在庄子的精选中，发现爱默生的这种论点。

　　由此可知，爱默生的两篇短文《循环论》及《超灵论》，和道家的主张确有异曲同工之妙，看过《老子》一书后，读者自可体会出其中滋味。爱默生对相对论深信不疑，他曾说："一人的美是另一人的丑；一人之智慧是另一人的愚蠢。"且引用美国北佬农夫常说的典型道家谚语："不必祝福，事情愈坏，情况愈好。"

以哲学观点而论，道可概括如下：它是天地万物的主要单元（一元论），是"反面立论"、"阴阳两极"、"永久循环"、"相对论"、"本体论"的主体；它是神智，是复归为一，也是万物的源泉。

了解这个道理，你争我夺的欲望顿化无形，而基督登山宝训中"仁"与"柔"的教条，也会在人们心中播下和平、理性的种子。就"无法抵抗的恶"这个思想来说，无疑的，老子的某些思想家乃托尔斯泰所说"仁爱的基督徒（道德家）"中之先驱。

如果世上的领导者看过老子的战争论（第三十、三十一章，第六十八章之一）、用兵法（第六十八至六十九章）、和平论（第七十九章）、不战论（第三十一章之一）就好了；如果希特勒在猛扑之前有一些老子"持而盈之，不如其已"的智慧，人类就不会空洒那么多的鲜血。

三

昔时，我就希望能找到一种被科学家所接受的宗教。倘若强迫我在移民区指出我的宗教信仰，我可能会不假思索地对当地从未听过这种字眼的人，说出"道家"二字。

道家的道是宇宙的神智，万物的根源，是赋予生命的原理；公正无私，含蓄无形，看不见摸不着。它创造了万物，改变了万物；它是不朽的本体。道家不和我们谈上帝，只再三强调道不能名，可名之道就不是道。最重要的是：道给物质世界带来了一统和灵性。

我曾观察科学思想进展的程序，有理由相信 19 世纪愚钝的唯物论已经不住考验，尤其在近代物理学之光的照耀下，它再也稳不住阵脚了。

卡尔·马克思在工业极盛期发表他的唯物辩证法，一位新英格兰哲人在他的书中写道：

"新的法则不足畏，如此愚蠢的思想难道会强迫你降低自己的精神理论？不要反抗它，它不但损不了你的精神理论，反而会使你的物质理论更加精纯。"

这是 1847 年出版的书籍，当时的物理学家已探究出物质本身的基础，尤其爱丁顿（Arthur Stanley Eddington）还简述了一个世纪以来的研究报告说："我曾四处探索固体物质，从液体到原子，再从原子到电子，结果在电子里失去了它的踪影。"[13]

电子在原子里究竟做些什么呢？他说："一种不知名的东西正在进行我们不知道的事。"[14]

因为某处的光，电子和非电子相遇而混合，竟引起了人类追求真理的欲望。

自爱默生后，求真的研究已过了一世纪，业已完成了一个周期，而爱丁顿又紧跟着写道：

"从近代科学争论可导出一个结论：1927 年左右，重理性的科学家将会接受宗教。不仅如此，到那个时候，这些专讲乏味理论的科学家，甚至对最普通的事物，也会极感兴趣，说不定还会失去他一向强调的理性而坠入爱河。假如在 1927 年，我们能看到海森堡（Heisenberg）、玻尔（Bohr）、波恩（Born），及其他学者将因果关系推翻，那年势必会被命为哲学发展中最伟大的一年。"[15]

神秘（自然）主义常使得有理性的人害怕，主要是由于某些皈依者的放肆言行所致。但老子、惠特曼、爱丁顿的神秘（自然）主义却非如此。

以方程式操作的科学工具——数学，除了给我们方程式及物质空虚论的新知外，别无它用。老庄虽谈道之"捉摸不到"，却并非意味着他们就是神秘主义者，我们只能说他们是观察生命入微的人。

这两者关系，就好像一位在实验室里思考的科学家，突然碰到生命"捉摸不定"的本质正在进行，科学家拼命敲门，没有得到回音，这时正是他急欲发现生命秘密的时刻，而生命之门却关闭了。他搜索物质，竟在电子中失去了它；他探索生命，又在原形质中失去它；他追寻意识，却又在脑波中失去它。然而，当他面对数学方程式时，一切又都显得那么清楚明白。

忍耐、坚毅、意义、爱、美和意识，均无法以科学的方法去探讨；直觉和数学的观念永不相遇，因为它们所依恃的是不同的平面。数学是人类心灵的工具，透过心灵察觉物质现象的一种表达法，此外毫无他途可循；直觉却不同于此，它不是数学或其他象征知识的附属品，无法以方程式表达出来。

耶鲁大学的教授诺思罗普（F.S.C. Northrop）了解认知直觉知识——美学的重要，这类知识比区别理性心灵的知识还要来得现实。老子常警告人们抵御"分"所带来的危险，或许是这个缘故吧！庄子尤其声言：

"所恶乎分者，其分也以备；所以恶乎备者，其有以备。故出而不反，见其鬼，出而得，是谓得死。灭而有实，鬼之一也，以有形者象无形者而定矣。"[16]

由于需要，物理学家必须谨慎地控制自己去观察形态、物质和活动等现象，他坦承数学所无法解决的问题，还是得留给非科学家去处理。因此，对我们来说，能够远离科学的大门，确是非常幸运的事。

爱丁顿以严密的"不法之地"，即意义和价值的范围为例，描绘出科学性的"象征性知识"和由生活体验得来的"精湛知识"之间的不同。

他机智地反驳那些称其神秘的观点为"胡说"或"该死"的批评家，他问道："物理的基础能胡说些什么？"某些评论家有权批评他"胡说"，而平实主义者却无权如此，胡说和该死都属于价值观的领域，站在平实的立场，那确实是不合逻辑的。

"在醚或电子的世界中，我们或可邂逅胡说，但绝非该死。"[17] 所以，我们虽离开了科学的大门，却拥有了意义和价值的世界。

"身为科学家，我们了解颜色只是波长的颤动，但它并没有因反射在波长5300的色彩特别微弱，就驱散了反射在波长4800的强烈视感。"

美国科学界领袖密立根（Robert A. Millikan）阅读了1947年4月29日美国物理协会出版的刊物后，就宗教方面发表了极为重要的声明：

"我以为，纯粹的物质哲学是极为无知的，因为每个时代的智者，都有使自己的心对任何事均充满虔诚和敬意。借用爱因斯坦的名言：'沉思不朽的生命之秘密，熟虑微观的宇宙之构造，谦卑地接受出现在自然界的极为微小的启示等，对我而言，这些就足够了。'那就是我最需要的'上帝'之定义。

"我很少将自己的'明断'认为是我个人的荣誉，为什么呢？当上帝把早期的进化的过程，展现在我们眼前时，他所创造的万物便开始以惊人的步伐迈入进化的过程，所以，我们的责任只是尽可能地扮演好我们的角色。"

不论任何国家，任何时代的智者，似乎都已看到宇宙伟大的真理。虽然密立根、爱因斯坦、爱丁顿、爱默生、老子和庄子等人的背景和知识不大相同，但是他们研究的重点几乎都回归到同样的一桩事——自然上。

相信前面有关信仰的陈述，近代有思想的人必然都能接受，其中具有代表性的是"我思足矣"、"自然表达的智慧"、"我们能微微地察觉"、"他的一部分变成了我们"，及爱默生所说，他是"自然神"的一部分。

爱默生百年前所写的东西至今仍是真理："我们每个人都需具备左右世界宗教的正确观念，刻意在牧场、池中的船、林中鸟儿的对答声中寻找寄托，那是绝对看不到基督教的。"换句话说，现在我们站着的地方就是我们最需要的所在。

老子也说："其心以为不然者，天门弗开矣！"[18]

四

1942 年，我翻译了《道德经》和《庄子》三十三篇中的十一篇，收录在《中国印度之智慧》这本书内。后来我修改过一部分，并将庄子的余篇翻译了出来，本书为庄子的精选，堪称是庄子作品及思想的代表。

《道德经》修改得并不多，主要是将"爱"、"德"易以"仁"、"性"。由此，我把《道德经》重新分成七篇，相信必可帮助读者把握住每一章的主要思想。

简言之，本书前半部的四十章为哲学原理，余则为功用论——可直接作用于人类的各种问题。在解读庄子的精选时，我曾竭力为老庄澄清彼此的关系，并指出其间的重点，避免加入我个人的意见。

由庄子来介绍老庄时代的思想背景和特性，实是再恰当不过。

一九四八年八月

【注释】

---

[1] 请参阅《中国印度之智慧》对《道德经》的介绍。

[2]《扬雄、韩非之生活》。

[3] 有某些例外。从历史上来看，道家文体在公元 3 世纪至 4 世纪时，曾经风行一时，至唐朝（8—10 世纪），连皇帝也正式鼓励人们研究老、庄之学。

我开始接触道家的思想，是由于看了王先谦的著作。他花了半生时间为《庄子》注解，却在 1908 年，故意在序文中反对庄子，借以贬低自己的作品。魏源对老子的注释也是如此。舆论本就认为儒家的学说是最好的，而对庄子的评价一向不高。

[4] 请看看杨树达的《老子古义》一书，1922 年出版，1923 年修订，除自《庄子》中取三四例为《老子》作直接引句外，他省去了《庄子》其余的部分。

[5] 苏东坡认为《庄子》第二十八、二十九、三十、三十一等章，皆不是庄子的作品，而是后人加进去的篇幅，这个说法较为学者所接受。

[6] 请参阅第三十三章之三。

[7] 请参阅第三十三章之四。

[8] 请参阅第五十章之六。

[9] 请参阅第五十章之三。

[10] 请参阅第五十章之一。

[11] 请参阅第五十章之二。

[12] 请参阅《想象的孔老会谈》之五。

[13] 见爱丁顿所著《大自然的物质世界》。

[14] 同前。

[15] 同前。

[16] 请参阅第五十二章之二。

[17] 反证。

[18]《想象的孔老会谈》之二。

序　文

主要的思想潮流

若想了解中国的思想，多少知道一些老庄时代、中国学术发展的背景和杂学的兴起是非常有益的。但是，由于很少有人将中国的思想介绍给西方，因此我认为"详释老子"这桩有意义的工作，借庄子的说明，比经由近代作家之手，更易受到人们的重视。

庄子以才华横溢的手笔、简洁深刻的思想，写《天下》一文，为当时思想潮流的主要学派勾画出一个有价值的轮廓。

为这篇摘要加附注是件很有趣的工作，因为孔子的弟子和杨朱学派皆跃然纸上，而以神奇姿态出现的列子，却未以道家身份出现在本文。我将此文分成几个段落，为便于读者阅读起见，并加添了标题。

尤其在第三段，读者将可看到许多出于老、庄的道家思想，如天道、弃智、顺其自然等，为集于齐地的"稷下派"所适用。

以庄子的列名及其自我评价看来，若读者深知庄子的个性，当不致怀疑这篇文章是不是他亲笔所写。

简单地说，本文一、二、六段描写的是墨家，其中一、六两段并提到别墨，三、四、五段叙述的则是道家的思想。

天下研究方术的人非常多，都认为自己的学说是最好的。那么古代所称的道术，究竟在什么地方呢？答案是："无所不在。"既然是无所不在，那么神圣是从何而降？明王又是从何出现的呢？答："圣有其降生的缘由，王有其成功的因素，来源都是出于纯一的道体。"

早期哲学的范围

不离开道之根本的叫天人；不脱离道之精微的叫神人；不背弃道之真理的叫至人；以自然为主，以纯德为本，以道体为门，超脱穷通、死生、变化的叫圣人；用仁来施行恩惠，用义来建立条理，用礼来规范行为，用乐来调和性情，用温和、慈蔼、仁爱的态度来感化世人的，便叫做君子。

用法度来分别，用名号来表明，用比较来考验，用稽考来决断，知一、二、三、四等清楚的条例来分析事理，乃是百官掌理政事的顺序。而把耕作视为日常的要事，致力生计衣食，使物产丰富，财源充足，并关心老、弱、孤、寡，使他们都能得到抚养，便是治理人民，为人民谋生计。

古代的圣人，对于这些道术都已全备，所以他们能够配合神明，取法天地，化育万物，调和天下，恩泽普及百姓，并以仁义为治国的根本，这样才不会和法度相离。同时，他们能通达阴、阳、风、雨、晦、明等六气，畅行于东西南北四方，甚至支配一切小、大、精、粗等事物的运行。

古时易见的道术有三项：关于仁义法度，历史上已有许多的记载；关于诗书礼乐，邹、鲁两地的读书人，和政界官僚们，也大多知道：《诗》为通达心志，《书》为记明事理，《礼》为节制行为，《乐》为调和性情，《易》为研究阴阳，《春秋》则为正定名分；这些分散在天下，施行在中国的典章，常为诸子百家所引用或称道。

以后天下大乱，圣贤之士大都隐居起来，于是百家各倡道德的学说，使得人们对道德的观念已不像从前那么执著。天下的人多半各执己见而自以为是；譬如耳朵、眼睛、鼻子和嘴各有功能，却不能相互替用，就好像派别不同的学问，和不同的技能一样，各有所专，各有所用，但是却不能包括全部，不能普遍周全。

这些各执己见的人，剖解天地的纯美，分析万物的道理。古时全德的人尚且很少具备天地之纯美和适合神明的要求，何况这些心存偏见的人呢？所以圣人明王的大道，幽暗而不能彰明，闭塞而不能光大，天下的人都自认为自己所偏好的见解就是大道。

可叹啊！诸子百家各走极端，执迷不悟，必然是不能和古时的大道相合了。后世的学者何其不幸，不但见不到天地纯一的真相，更无法得窥古人思想的全貌。道术就这样被天下人分裂了。

一、苦行者：墨翟[1] 的门人

古代的道术有这样一派：不使后世风俗奢华，不浪万物，不炫耀典章制度，而以法度来勉励自己，帮助世人。墨翟和禽滑厘听到这种风尚极为欢喜，但是他们做得太过分，太坚持自己的意见了。

墨子的《非乐篇》主张"节俭"和"人生下来时不必唱歌，死后也不必悲泣"。他还广传博爱之教，竭力为他人谋福利，一心反对战争。所以他的学说是教人温和不愠。此外，他不但自己好学，更希望其他的人和自己一样，也能努力求知。他和古代的圣王大不相同，他觉得他们太过奢侈，所以主张毁弃古代的礼节和音乐。

关于古代的音乐，黄帝有《咸池》，尧有《大章》，舜有《大韶》，禹有《大夏》，汤有《大濩》，文王有《辟雍》，武王、周公作《武乐》。

至于古代的丧礼，贵贱有一定的礼仪，上下有一定等级，像天子的棺木有七层，诸侯的五层，大夫的三层，读书人的则为两层，便是一例。

如今独有墨子主张生时不唱歌，死后不悲泣，只用三寸的桐棺，定为通行的仪式制度。但是，以这个道去教人，恐怕不是爱人的道理吧！即使自己实行，实在也不是爱自己的道理。

我并不是要攻击墨子的学说，只是，在应该唱歌的时候，他反对唱歌；应该哭泣的时候，他反对哭泣；应该快乐的时候，他反对快乐，难道这样就和人情相合了吗？

人生而劳苦一世，死后又不能厚葬，墨子的道未免太枯寂了！这样的道只令人忧愁悲伤，若要付诸实行，实非易事，它违反了人性。天下只有极少的人能够忍受得了的道，又怎能算做圣人的大道？尽管墨子本人能够实践这种学说，天下人不能做到，又有何用？一旦离开了人性，距离王道也就愈遥远了。

墨子曾说："从前大禹治水，开决江河，使水流通于全国各地的时候，大川有三百，支流有三千，小河不计其数；而禹亲自拿着盛土的器具和掘土的锄头，将小川的水聚合顺利流到大川里，以至小腿上的汗毛都被磨光了。他冒着大雨，迎向暴风，不停地奋斗，终于得建大国。禹是大圣人，尚且为天下人如此劳苦，何况你我？"

因而，后来的墨者把穿粗服、草鞋，日夜不休的工作当做最高的理想。还说道："无法做到这样，就不是禹的道，就不配做墨子的学生。"

以后相里勤的弟子，和南方的墨者苦获、已齿、邓陵子等人，都是研究墨子学说的。但其怪异之处又和原来的墨子学说不同，他们互称对方为墨子的别派。这些人用坚、白、同、异的辩论来互相攻击，以奇异的理论相互应和，推举本派中的巨子为圣人，并拥护他做领袖，一心希望继墨学的传统，所以直到现在，墨子之教仍是纷争不绝。

墨翟、禽滑厘的用心是对的，但是实行的方法却有些偏差。因为那样，将会使后世的墨者只以磨光腿上的汗毛为奋斗的目标，彼此互相竞争标榜。结果反而变成扰乱天下的罪多，治理天下的功少。

不论如何，墨子确实是极爱天下的人，想在世上找到像他这样的人实在也不容易。以他刻苦到面目枯槁也不放弃自己的主张来看，他确可称得上是"才士"了。

二、慈悲之师：宋钘[2]和尹文

古代的道术有这么一派：不被世俗所系累，不以外物矫饰自己，待人不苛刻，对人不嫉妒，希望天下太平，人民安居乐业，至于自己的生活，是只求温饱，不求有余。宋钘、尹文听到这种风尚，非常羡慕，就做了一种上下均平的"华山冠"戴起来，以表明自己的心志。

他们主张应接纳万物以分别善恶，宽容为先，接着便以包容万物的"心"——称为"心理的运行"——去亲近万物，调和天下。即使受到人们的欺侮，也不以为耻，并以此行为来阻止人们的争斗，继之则以禁止攻伐，提倡裁军来阻止世间的战争。

他们以这种学说周游天下，上劝国君，下教人民，尽管人们都赞成，他们还是强说不止。所以有人说：无论人们多讨厌，他们还是要表现。

不过，这些人为别人设想得多，为自己设想得少，常说："请你只给我五斤的饭就够了。虽然我很饿，但却唯恐你吃不饱啊！我饿一点算什么呢？只要天下人都能得到温饱，我也就心满意足了。"

他们日夜不休地说："我一定会活下去的，想世人必不会对救世的人心存傲慢吧！"并且一致认为：君子应不苛求事物，不被外物所支配；凡是无益于天下的事，去阐明它，不如不去研究它。

所谓"禁止攻伐，提倡息兵以救世，淡薄情欲以修清"，他们的学说不过如此而已。

三、齐地"稷下派"之道家：彭蒙、田骈、慎到

古来的道术有这么一派：公正而不分党派，平易而没有私心，决断行事毫无偏见，亦无人我的分别；不起思虑，不用智谋；对于事物没有好恶的选择，只随着它的法则行事。彭蒙、田骈、慎到听到这种风尚，很是欢喜，便以"万物齐"为其学说的根本要义。

他们曾说："天能覆盖万物，却不能托载万物；地能托载万物，却不能覆盖万物；而大道虽能包容万物，却不能分析它们。"他们知道万物都有可行和不可行之处，所以说："若加选择，就不能普遍；若加教化，就不能普及；只有一任大道包容万物，不弃分毫，万物自会齐一而无所遗漏。"

因此慎到主张摒弃智慧，忘掉自己，顺着事物必然的法则去做；清淡自己的热情，消除自己的浊气。并说："知，就是不知，如果勉强去求知，结果反而毁伤了道的整体性。"他随顺物情，不任职事，反耻笑天下推重贤人的人；放纵不拘，没有作为。以此非议天下的大圣人。

他以为：推击拍打，可使事物圆通；随事物之变化，抛弃是非的观念，可避免物累；不学智巧谋虑，不问事情先后，就可矗立不动；被推动才前进，被拖拉才行走，像风一样没有一定的方向，像羽毛在空中飞舞般没有一定的着落，或像磨石的回转，便可处于既安全又无过错的地位。能如此，就可以保全自己，不受人指责，更不会得罪他人了。这个思想到底因何而来呢？

就像那些无知的东西，因为没有建立自己的标准，所以没有忧患；没有运用智巧，所以终生没有毁誉。因此他说："但求像那无知之物，何须苦学圣贤？土块也有其大道啊！"一般才杰之士都讥笑他说："慎到

的道，不是活人所行的，反而适合于死人，他的学说只是令人觉得怪异罢了。"

田骈和慎到的理论相同。他曾向彭蒙求教，学到不言以教的道理。而彭蒙的老师也常说："古来有道的人，只做到无是无非，无知觉而已。他教化人时，像疾风迅速地吹过，瞬间寂静无形，何必还要用言语传授呢？"

他们的学说常与别人的意见相反，也不受人赏识，但是仍不免随顺物而行。所以他们口中的道并不是真道，他们认为对的，也不见得都对。这三个人实在是不知道大道啊！他们只是略闻道术的概要罢了！

四、老子与关尹 [3]

古代的道术有这么一派：以天地之本为精微，以外物为粗略，以有储为不足；心灵恬淡清静而无为。关尹和老聃听到这种风尚，非常喜欢，于是创立学派；以柔和荏弱、谦虚卑下的态度为外表，以常无、常有为内在的实体。

关尹说："假如没有自己的主见，仅随物的本性而表露自己，那么其动时就会流水般地自然，静止时便像明镜一样地晶莹，感应时又会像回声般迅速；恍惚时像虚无，寂静时若清水；和外物相同时便又趋于和谐；但是一旦存着妄有之心，反将有所错失；它从不超出众人之前，而常跟随在众人之后。"

老聃也说："自己虽有才能，却处于没有才能的地位，这样才能像天下的豁谷一样可包容万物。知道光荣，却不和人争光荣，甘心居于耻辱的地位，这样才能像万物归附的大谷。"[4]"众人都争光，自己独居后。"[5]"宁受天下人的诟辱。""众人都求实际，我独守虚无"，"因为知足不储藏，可以常有余，这才是真的富足啊！"[6]

他立身行身，徐缓而不多事；深信无为，讥笑智巧；人们都力求多福，唯有他委曲求全，他说："只要能免于祸害就好了。"他以精深为道德的根本，以节俭为行为的纲领，并说："坚强就遭到毁坏。锋锐就会受到挫折。待人宽厚就不会有所损伤。"[7] 真可说已达众智之极的境界。关尹和老聃不愧为古时的大真人啊！

五、庄周

古代道术有这样一派：恍惚寂静，没有形体，变化无定；没有生死的观念，与天地同体，与自然合一；恍惚间返回太虚，不知走向何方，也不知何处安适？包罗万象，却又无所依归。庄周听到这种风尚，大为欢喜。便以无稽的论说，虚无的言语，狂放的文辞，和恣意的谈论来显明自己的意向。[8]

他认为：天下的人已沉迷不悟，不适合用庄正的言论和他们交谈，所以，便用变化无定的话，去推衍事物的情理；以引证的言辞，使人相信所说为实；再用虚构的寓言，来阐明他的学说。

他和天地的精神会合为一，不鄙视万物，不问是非，融洽地与世俗之人生活在一起。他著的书新奇特别，婉转流畅，不害文理；文辞有虚实，造句滑稽奇幻。他的道德观不但充实，且无止境。在上与造物者同体，在下和看破生死、不分始终的有道者为友。

他说的道，广博通达，精深宽阔，已达道之极体。在顺应自然的变化和解释万物的情理上，道理不够透彻，言辞太暧昧，是美中不足的地方。

六、惠施 [9] 和辩者

惠施的方术极多，他的著作可以装满五车，但他讲的道理驳杂不纯，言辞也不合大道。在分析万物的大概情况时，他说："大到极点没有外围的，叫做大一；小到极点没有内核的，叫做小一；没有厚度的东西，其大却可推展至千里；天地是一样的卑下，山泽是一样的齐平；太阳刚到正午，它就开始偏斜下落；生物刚生下来，就开始走向死亡，生生死死哪有一定的准则！

"大同和小同间的差异，叫做小同异；万物完全相同，也完全相异，便叫做大同异。南方是无穷尽的；既称南方，就有了界限，也有了穷尽。

"有人今天到越国，其实他昨天已经到了，因为当他知道有越国时，他的心意已先到了越境。连环可互相穿过，本不曾粘牢，但是它可自由转动，这便是解开了，所以说连环是可以解开的。无人知道天的尽处，我却知道天下的中央无所不在，它可以在燕国的北方，也可以在越国的南方。因为一切空间和时间，以及是非的分别都不是绝对的。"他爱护万物，认为天地本为一体。

惠施以为这些道理是最高明的，便拿去教一般学辩论的人，那些辩者都喜欢他这种学者。他常说："雀鸟的蛋里若没有毛，孵出来的鸟身上怎会有呢？所以说卵有毛。鸡除了两脚外还须有精力才可行动，所以说鸡有三只脚。世人所称的天下，不过是天子所在地。楚国的京师，只有千里的面积，若楚国的国君自称为天子，那么楚国的京师也可称做天下了。

"犬和羊都是人起的名称，若当初称狗为羊，称羊为狗，那么狗就可以为羊了。马不生蛋，胎和蛋本无不同，所以说马生蛋。

"蛤蟆没有尾巴，但是蛤蟆初生时，本为蝌蚪，原是有尾巴的，所以说蛤蟆有尾巴。人都吃火烧熟的食物，所以火本身并没有热感。

"对着深山发音，山谷会回音，故说山有嘴。车轮落地不实，所以才能转动不停。眼睛看不见东西，因为它看不出自己的错处。手指不能直接摸到物体，因为有时它还须借用媒介来取物；但是虽能间接摸到物体，也必得有手指的存在方可，若没有手指，恐怕连间接取物都不可能了。龟的形体比蛇短，而寿命却比蛇长，故说龟比蛇大。人先有了方形的概念，然后才制作了矩（画方形的器具），并不是因为有了矩才有方形。

"同样，人先有了圆形的概念，才制造出规（画圆形的器具），并不是因为有了规才有圆形。木塞所以会在孔洞里，不是由于孔洞围住了木塞，而是由于木塞自己嵌进了孔洞。飞鸟的影子在动，事实上，动的是鸟，不是影子。箭射出后仿佛飞得极快，但是箭的动静都是人为的，就箭本身来说，便有不前进也不停止的时刻。

"狗和犬都是人起的名字，狗本是狗，犬也是狗，但因名称不同，所以狗就不是犬了。马和牛本是两个个体，若称它们做黄马、骊牛，那么以其色加上马牛的形体，自然就变成三体。白和黑都是人起的颜色名称，如果当初称白为黑，称黑为白，当然白狗就可算做黑狗了。

"小马出生时虽有母马，但母马死后，它就没有了母亲，因此若称它为母亲的小马也未尝不可。一尺长的木杖，一天割去一半，一万世也无法割完。"

许多辩论家用以上的理论和惠施争辩，终生不曾停止。像桓团和公孙龙这般辩论家，善用诡辩来迷惑人的心理，改变人的看法，这只能叫人口服，却不能叫人心服，这是辩论家自己局限自己。

惠施时常以自己的辩才为傲，曾说："只有天地是最伟大的。"但是他虽有胜过别人的心念，却没有真正的学术。曾有一位南方的异人，名叫黄缭的，来问他天不坠、地不陷，及风、雨、雷、电发生的原因。惠施听后不假思索就回答了。他偏说万物的根由，仿佛黄河决堤般，一直说个不停，最后仍觉得意犹未尽，便又加了一些怪诞的言辞作为结束。

他把违反人情世故当做真理，又妄想取胜别人以求得名声，所以与众人不和；人们无法接受他的观念。又因他的道德修养极为薄弱，只一心追求外物，他的学说褊狭，算不得大道。

由天地的大道来看惠施的才能，不过像蚊虫一样徒自劳苦而已，对万物并没有什么好处。圣王的大道本源纯一，只须加以扩充就可以了，何必苦求外物？只要珍视自己的言辞，不逞口舌之利，离道不远矣。

惠施不用纯一的大道来安定自己，反被万物扰乱了心神，终究不过得到善辞的名声罢了！可惜啊！惠施有这么好的才能，结果却是一无所获；他一意追逐万物，便无法返回大道，就像用声音去压倒回声，用形体和影子赛跑一般，永远达不到大道，实在是可悲可叹啊！

【注释】

_____

[1] 墨子无疑是生于公元前 501—前 416 年间。请看《中国印度之智慧》中对墨子的介绍。

[2] 生于公元前 370—前 291 年间，与庄子同时，人称宋荣。

[3] 关尹不可与广印（佛教徒）混为一谈。关尹是取其职"关吏"为名，曾请老子著书。

[4] 请看第二十八章。

[5] 请看第六十七章。

[6] 请看第七十八章。

[7] 请看第八十一章。

[8] 请看第九章。

[9] 庄子最亲密的朋友。尽管二人思想不同，争论不休，彼此仍相互赞赏叹。人称"惠子"。

第一篇
道的性质

　　道可道，非常道；名可名，非常名。无，名
天地之始；有，名万物之母。故常无，欲以观其
妙；常有，欲以观其徼。

老子的智慧
The Wisdom of Laotse

第一章　论常道

　　道可道，非常道；名可名，非常名。无，名天地之始；有，名万物之母。故常无，欲以观其妙；常有，欲以观其徼。此两者，同出而异名，同谓之玄[1]。玄之又玄，众妙[2]之门。

【语译】

　　可以说出来的道，便不是经常不变的道；可以叫得出来的名，也不是经常不变的名。无，是天地形成的本始；有，是创生万物的根源。所以常处于无，以明白无的道理，为的是观察宇宙间变化莫测的境界；常处于有，以明白有的起源，为的是观察天地间事物纷纭的迹象。它们的名字，一个叫做无，一个叫做有，出处虽同，其名却异，若是追寻上去，都可以说是幽微深远。再往上推，幽微深远到极点，就正是所有的道理及一切变化的根本了。

道不可名，不可言，不可谈

《庄子》之《知北游》

　　泰清问无穷说："你懂得道吗？"

　　无穷说："不知道。"

　　又问无为，无为说："我知道。"

　　泰清说："你所知的道，有具体的说明吗？"

　　无为回答说："有。"

　　泰清又问："是什么？"

　　无为说："我所知的道，贵可以为帝王，贱可以为仆役，可以聚合为生，可以分散为死。"

　　泰清把这番话告诉无始说："无穷说他不知道，无为却说他知道，那么到底谁对谁不对呢？"

　　无始说："不知道才是深邃的，知道的就粗浅了。前者是属于内涵的，后者只是表面的。"

　　于是泰清抬头叹息道："不知就是知，知反为不知，那么究竟谁才懂得不知的知呢？"

　　无始回答说："道是不用耳朵听来的，听来的道便不是道。道也不是用眼睛看来的，看来的道不足以称为道。道更不是可以说得出来的，说得出来的道，又怎么称得上是大道？你可知道主宰形体的本身并不是形体吗？道是不应当有名称的。"

　　继而无始又说："有人问道，立刻回答的，是不知道的人，甚至连那问道的人，也是没有听过道的。因为道是不能问的，即使问了，也无法回答。不能问而一定要问，这种问是空洞乏味的，无法回答又一定要回答，这个答案岂会有内容？用没有内容的话去回答空洞的问题，这种人外不能观察宇宙万物，内不知'道'的起源，当然也就不能攀登昆仑，遨游太虚的境地。"

有关道不可名的观念，请参看第二十五章。

区别
《庄子》之《齐物论》

古人的智慧已达到登峰造极的程度了，是怎样的登峰造极呢？他们原以为宇宙开始是无物存在的，便认为那是最好的情况，增加一分就破坏它的完美。慢慢地，他们知道有物的存在，却认为它们彼此没什么异处。后来，他们晓得万物有了区别，却又不知道有是非的存在。

但是，等到他们懂得"是非"的争论后，道就开始亏损，这一亏损，私爱就随之大兴起来。

万物皆一：意识和精神之眼
《庄子》之《德充符》、《大宗师》

鲁国有一个被砍断脚的人，名字叫做王骀，跟从他学习的弟子和孔子的弟子一样多。

于是常季问孔子说："王骀是一个被砍去脚的人，跟他学习的弟子，和跟先生学习的弟子，在鲁国各占一半。他对弟子不加教诲，不发议论，但他的弟子去的时候本是空虚无物，而回来却大为充实。莫非世上真有这样不用言语，没有形式，仅用心灵来教化弟子的人吗？他究竟是怎么样的人呢？"

孔子说："他是圣人。我一直想去见他，却为事所绊，不曾见着。如果看到了他，我一定要拜他为师。试想，我尚且如此，何况那些不如我的人？而且不仅是鲁国，我还要率领天下的人去做他的弟子呢！"

常季说："他断去一只脚，还能做人们的老师，一定是高人一等，所以才会如此。那么他是如何训练自己的心灵达到这种境界呢？"

孔子说："生死是一件大事，他却能够控制自己的心意，不随生死而变……他能主宰万物的变化，并守着真正的根本大道。"

常季又问："这怎么说？"

孔子回答道："若从宇宙万物不同的观点来看，就是自己的肝胆也会像楚国和越国那般的不同；但是若由相同的一面去看，万物都属一体，当然也就没有区分可谈。能够看到这一层，他可以不用耳目去辨别是非善恶，而把心寄托在道德之上，以达到最高的和谐境界。

"他把万物看做一体，所以不会觉得自己的形体上有什么得失，那断了的一只脚便与失落的泥土一般，对他而言，毫不重要。"

他所好的是天人合一，他不喜好的也是天人合一。把天人看做合一也是一，不把天人看做合一也是一。把天人看做合一，便是和天做伴，不把天人看做合一，就是和普通人做伴，明白天人不是对立的人，就叫做真人。

生死是命，就好像白天和黑夜的变化一样，乃是自然的道理，人既不能干预，又无法改变。然而，人们以为天给自己生命，便爱之若父，对天如此，对那独立超绝的道又将如何？人们以为国君的地位比自己高，就肯替他尽忠效死，那么遇到真君又该怎么表现呢？

泉水干了，水里的鱼都困在陆地上，互相吐着涎沫湿润对方，如果这样，倒不如大家在江湖里互不相顾的好。因此，与其称赞尧毁谤桀，倒不如不加批评，把善恶之念抛开而归向大道。

大地给我形体，使我生时劳苦，老时清闲，死后安息，因此，若是以为生是好的，当然认为死也是好的啊！

众妙之门
《庄子》之《庚桑楚》

　　大道的降生与毁灭均无原因，它有具体的事实而没有可见的出处；有久长的渊源而没有开始的根本；有出生的处所又看不见窍孔。但却有具体的事实、不定的所在，这样就构成了空间（"宇"）；有久长的渊源而无开始的根本，就形成了时间（"宙"）。

　　有生，有死，有显，有灭，但都无法看见显灭的途径，这就叫做"天门"。天门便是"无有"，而万物就是从"无有"产生出来的。

第二章　相对论

　　天下皆知美之为美，斯恶已。皆知善之为善，斯不善已。故有无相生，难易相成，长短相形，高下相倾，音声相和，前后相随。是以圣人处无为之事，行不言之教。万物作焉而不辞，生而弗有，为而弗恃，功成而弗居。夫唯弗居，是以不去。

【语译】

　　天下人都知道美之所以为美，丑的观念就跟着产生；都知道善之所以为善，不善的观念也就产生了。没有"有"就没有"无"，"有无"是相待而生的；没有"难"就没有"易"，"难易"是相待而成的；没有"长"就没有"短"，"长短"是相待而显的；没有"高"就没有"下"，"高下"是相待而倾倚的；没有"音"就没有"声"，"音声"是相待而产生和谐的；没有"前"就没有"后"，"前后"是相待而形成顺序的。因此圣人做事，能体合天道，顺应自然，崇高无为，实行不

言的教诲。任万物自然生长，而因应无为，不加干预；生长万物，并不
据为己有，化育万事，并不自恃其能；成就万物，亦不自居其功。就因
为不自居其功，所以他的功绩反而永远不会泯没。

　　至于相对论、循环论及宇宙变化的原则，请参看第四十章老庄哲学
的基本思想与实际的学说，老子所有的反面论都起源于此。

相对论：万物均归为一
《庄子》之《齐物论》

　　言语和起风时发出的声音不同；风吹是自然无心的声音，而说话，
必定先有了意念才能发言。言语有了偏见，听者也就无法断定孰是孰非。
无法断定是非，说了等于没说，那么那些言论究竟是"话"呢？还是"不
是句话"？就好像初生小鸟的叫声一样，到底它们是有分别呢？还是没
有分别？
　　道，因为有所蒙蔽，才有真假的区别；言语，因为有所蒙蔽，所以
才有是非的争辩。道本没有真假，所以无所不在；言语本没有是非的分
别[3]，所以能无所不言。道之所以蒙蔽，是因为有了偏见；言之所以蒙
蔽，是因为好慕浮辩之辞，不知"至理之言"所致。
　　所以儒墨[4]争辩，不外在使对方为难；对方以为"非"，我就以为
"是"；对方以为"是"，我就以为"非"。如果要纠正二家的是非之辩，
只有使他们明白大道，大道既无分别，他们也自无是非的争论了。
　　世间一切的事物都是相对的，所以彼此才有分别。看别人都觉得
"非"，看自己便认为"是"，因为只去察考对方的是非，反而忽略了自
己的缺点；如果能常反省自身，一切也就明白了。
　　只看到别人的"非"，没有看见自己的"非"，所以总以为自己"是"，

别人"非"，这种自己是、别人非的观念乃是对立的。所以是非之论随生随灭，变化无定。

有人说"某事可"，随即有人说"某事不可"，有人说"这个非"，就有人说"那个是"。只有圣人能超脱是非之论，而明了自然的大道，并且深知"是非"是相应相生，"彼此"是相对却又没有分别的。

"此"就是"彼"，"彼"就是"此"。彼此都以对方为"非"，自己为"是"，所以彼此各有一"是"，各有一"非"。那么"彼"、"此"的区别究竟存不存在呢？如果能体会"彼此"是相应又虚幻的，便已得到道的关键。

明白大道，就可以了解一切是非的言论，皆属虚幻，这就好像环子中间的空洞一般，是非由此循环不已，变化无穷。因此，要停止是非之争，人我之见，莫若明白大道。

用我的指头去比别人的指头，对我来说别人的指头似乎有什么不对；若用别人的指头来比我的指头，对别人来说我的指头又有些不对了。用这匹马做标准去比那匹马，自然这匹马为"是"，那匹马为"非"；若用那匹马做标准来比这匹马，那匹马又为"是"，这匹马又为"非"[5]。像这样以己为是，以彼为非的观念，其实并无多大差异。

明白天下没有一定的是非，指头和指头，马和马又有何是非之分？指头乃是天地中的一体，马乃是万物中的一物。以此类推：用天地比做一个指头，把万物比做一匹马，那么天地万物又有何是非？

自以为可就说可，自以为不可，就说不可；因为有了人行走，才有了道路；因为有人的称呼，所以才有名字，而所谓对与不对的观念，还不都是人为的？

万物开始时，固然有对有不对，有可有不可，但在万物形成后，人为的"是非"观念，便构成了许多不正的名称，而其名称的变更，本无一定，所以说是"无物不然，无物不可"。

譬如细小的草茎和巨大的屋柱，丑陋的女人和美丽的西施，以及各式各样诡幻怪异的现象，从道的观点看起来，都是通而为一，没有分别。分开一物，始可成就数物，创造一物，必须毁坏数物。所谓成就是毁，毁就是成。万物本就无成也无毁，而是通达为一的。

只有达道的人才能了解这通而为一的道理，因此他们不用辩论，仅把智慧寄托在平凡的道理上。事实上，平凡无用之理却有莫大的用处，其用就在通，通就是得。这种无心追求而得到的道理，和大道已相差无几。

虽然近于道，却又不知所以然而然。因此未曾有心于道，一任自然的发展，方才是道的本体。

本体论：依赖主观
《庄子》之《秋水》

河伯说："如何区别物体外部和内部的贵贱和大小呢？"

北海若说："从道的立场来看，万物没有贵贱之分；从物的立场来看，物类都是贵己而贱人；从世俗的立场来看，贵贱起自外物而不由自己；从差别的眼光看，万物自以为大的，便是大，自以为小的，就是小，那么万物便无所谓大小之别。如果知道天地像一粒稊米，毫末像一座山丘，万物的差别也就不难区分了。

"从功用方面来看，依照万物自认其有无存在为标准，大凡和他们相对的万物，其功用也是相对的，譬如箭因为有用处，盾牌也就有了用处。再者，我们知道东、西方向是相反的，但是如果没有东方，就不能定出西方在哪里。由此可知其区分乃是相对，而非绝对。

"由众人的趣向来看，如果依随别人所说的对错为标准，别人说对就是对，别人说错就是错，也就是没有对错的区分。以尧和桀自以为是而视对方为非这点看来，人心的倾向便已明显地表露出来……

"所以有人说：'为什么不取法对的，摒弃错的，取法德治，摒弃纷乱呢？’这乃是不明白天地万物之情的话啊！就像只取法天，不效法地，只取法阴不效法阳一般，显而易见，这是行不通的。可是大家仍不停地说着这句话，如果不是愚蠢没有知识，就是故意瞎说了。”

河伯："那么，我以天地为大，以毫末为小，可以吗？"

北海若回答道："不可以。因为万物没有穷尽，时间没有止期，得失没有一定，终始也无处可寻。所以有大智慧的人观察事物由远及近，不会只偏看一处的。

"他们知道万物没有穷尽，所以不以小为少，不以大为多，知道时间没有止境，所以不因未看到遥远的事物而烦闷，不因与现代接近而强求分外的事；知道得失没有一定，所以虽有得并不欢喜，虽有失也不忧愁；知道终始无处可寻，所以不把生当做快乐，也不以死为祸患，因为他们明白生死是人所共行的平坦大道。"

言之无益：论不言以教

《庄子》之《齐物论》

假定有一些言论，和我所说的言论比较，是一类也罢，不是一类也罢，不管是不是同类，既然都是言论，也就是同类了。那么这些言论和我所说的言论便没什么区别。

大道本难用言语形容，但是，如今于无可说中，姑且还是说说吧！

凡物各有开端；有的尚未开始，有的虽开始却未曾显露，有的连"导致开始"的事理都不曾具有；有的说言语是实有的，有的说它是虚无的，有的不曾说出"言语有无"的争论，有的连"言语是实有或虚无"的念头都不曾起过。但是，突然间产生了"言语是实有或虚无"的观念，这有言和无言二者，究竟是孰有孰无呢？

我既反对言语，现在又不免言语，实在是我所说的话，全无成见和机心，所以虽然有言，又何尝不是无言？

以形体而论，物有大小之分，若以性质而论，便无所谓大小之别，那么秋天兽毛的尖端都要比泰山大了。再以彭祖为例，由形体来说，命有长短的区别，但若以精神而言，便没有长短的区别了，那么早夭的幼子都会比彭祖长寿。

若以泰山为小，天下便没有了大，若以秋天的兽毛为大，天下便没有小了，若以短命为长寿，天下便无所谓短命，那么若视彭祖为短命，天下又何来长寿之人？

既然没有形体大小、寿命的长短，天地之寿再长，也不过和我同生吧！万物种类虽多，我也能和他们和平共处，且合为一体。万物既能通为一体，又何须言论为助？但是既然我说它"合而为一"，不是又有了言论？

道是浑然一体，没有名称，倘使称它"浑然一体"就等于给了它一个名称，这个名称和道的本体加起来，便形成了两个数目，有了一个名称，又产生了相对的名称，这两个名称和道的本体加起来，就形成了三个数目 [6]。由此类推下去，即使精于数学的人都无法分清这些数目，何况是普通的人？

言语本无心机，一旦有了心机，便已生出三个是非的名称，至此想再加详辩就不容易了。所以不如除去心机和是非的念头，顺随自然以定行止，要知大道是无处不有的。

道本无界限，言论本无是非。但是一有了"是非"之见后，言语就被划分出界限，那是因为是非没有一定的准则，言论才会有这么多不同的种类。到底分为哪几类呢？有赞成左方的，有赞成右方的，有直述的，有批评的，有解释的，有辩驳的，有二人争辩的，有多人争论的。都因为各持己见，所以才有这八类的分别。

圣人就不是这样，超出天地以外的理，非言语所能形容，便搁下不谈；至于天地以内的事理，也只是随机陈说，不加评判；有关记载先王事迹的史书，他也仅给以评议而不争辩。所谓以"不分"来分清事物，以"不辩"来辨明事物，就是这个道理。

圣人认清了事物，只是存在心里，众人却固执己见，和别人争辩以显耀自己。所以说："辩论的发生，乃是不曾见到大道的缘故。"

大道是不可以名称的；雄辩者不会用是非之论去使人屈服，"至人之人"的仁爱是无心而发的 [7]；"清廉之士"的"廉洁"毫无形迹可寻，所以其外表反而没有谦让的表示 [8]，"大勇之人"不尚血气之勇，也无伤人之心。

因为道可以称述就不是真道，辩可以言论就不是大辩，仁要是固守一处就不成其为仁，廉要是有了形迹就不是真廉，勇要是用于争斗就不成其为勇。这五者本是浑然圆通的，若一被形迹所拘，就背离了大道。

所以人如果能止于自己所知的范围内，固守本分，便是达到知的极点。但是有谁知道这不用言语的辩论，和不可称述的大道呢？若是能够知道，就已进入了天府 [9]。

庄子所说"言之无益"和"实知理论"等思想，关系极为密切。"夫知者不言，言者不知，故圣人行不言之教。"（《庄子》之《知北游》）请参看第五十六章。

下文谈论的是庄子时代的名家，特别指"别墨"的代表人物惠施和公孙龙。

辩之无益

《庄子》之《齐物论》

譬如我和你辩论，如果你胜了我，并不表示你所说的就对，我所说

的就不对；要是我胜了你，也并不表示我一定对，你一定错。那么你我
到底谁对谁不对呢？是两方面都对？还是两方面都错？如果你我各执己
见，互不相让，旁人都给闹糊涂了，还有谁能为我们评判？

若请和你见解相同的人来评判，他必偏向你，我自然不会心服；若
请和我见解相同的人来评判，他定偏向我，当然你也不会心服；如果请
和两方见解都不相同的人来评判，两方全不信服；若请和两方见解都相
同的人，必无一定的言论为主；你、我和第三者既然都不能互相了解，
那么该请谁来评判呢？

辩论的言辞是相对的，既然无法解决是非的争论，倒不如彼此丢下
"相对"的观念，安守自然的本分，以享天赋的寿命。

什么叫做安守自然的本分呢？要知是、非、然、否，全是虚妄的，
所谓"是"未必是"是"，所谓"然"，也未必是"然"。假若"是"果
真是"是"，是非就有了区别；同样的，若"然"果真是"然"，然否也
有了区别。既然有不同，又何须争辩？

看破生死，所以能忘却年岁的长短；看透是非，所以能忘掉是非的
名义，由此方能遨游于无穷的空间，寄托心灵于无穷的境界。

有关无为的学说，请参看第三章。

讨论无名、无私、无誉等观念，请参看第五十一章。至于"无为"
的思想，在第十、三十四、五十一、七十七章内，均有说明。此教乃是
来自对"道"之大、静、无及复归为一的了解。

第三章　无为而治

不尚贤[10]，使民不争；不贵难得之货，使民不为盗；不见可欲，使民心不乱。是以圣人之治，虚其心[11]，实其腹，弱其志，强其骨。常使民无知无欲。使夫智者不敢为也[12]。为无为，则无不治。

【语译】

不标榜贤名，使人民不起争心；不珍惜难得的财货，使人民不起盗心；不显现名利的可贪，能使人民的心思不被惑乱。

因此，圣人为政，净化人民的心思，就没有什么自作聪明的主张；满足人民的安饱，就不会有更大的贪求；减损人民的心智，便没有刚愎自用的行为；增强人民的体魄，就可日出而作，日入而息；哪里还会与人相争呢？

若使人民常保有这样无知无欲的天真状态，没有伪诈的心智，没有争盗的欲望，纵然有诡计多端的阴谋家，也不敢妄施伎俩。在这样的情况下，以"无为"的态度来治世，哪里还有治理不好的事务？

不尚贤：无善的世界
《庄子》之《天地》

门无鬼问："有虞氏是在天下平定后去治理的呢？还是天下大乱时去治理的？"

赤张满稽回答说："假如天下是太平的，百姓可以按照自己的愿望去治理国家，何必还要有虞氏去做呢？有虞氏之治国，就好像医生对待病人一样，头秃了给假发，生病了才求医；又好像孝子拿药医治父亲一样。而这些行为正是圣人以为耻辱而不愿为的。

"至德的时代，不标榜崇尚贤人，不任用能人，而天下治。那时的君主像高处的树枝一样，默然而无为；那时的百姓和林中的野鹿一般，悠然自得。他们行为端正，却不认为合乎义；彼此相爱，却不认为那是仁；待人诚实，并不以为就是忠；言行合宜，亦不觉得那是信；互相帮助，更不以为是赐予。所以他们的行为无迹可寻，他们的行事也没有被记载下来或广传世间。"

"智"是争辩的器具
《庄子》之《人间世》

孔子对颜回说："你晓得德为什么放荡，智为什么外露吗？德之所以放荡，是因为好名；智之所以外露，是因为争势。好名是攻击的主因，用智是争胜的器具，这两个都是有害的凶器，不能用作处世的准则。"

求智、学道毁损了本性

《庄子》之《骈拇》

若是等到钩子、绳子、规矩来矫正，绳子来捆绑，胶漆来粘牢，便已损害了物的本性；若以奉行礼乐，假仁假义来安抚天下人心，便是损害了人的本性。

天下万物均有其本性，所谓：不以钩弯曲，不借绳拉直，不用规画圆，不以矩成方，不靠胶黏附，不用绳捆绑。因此，天下万物自然而生，自然而得，却又不知从何所生，因何而得。这是古今不二的道理，人力又何能毁损其分毫？

既然如此，那么仁义 [13] 又为什么要像胶漆绳索一样地掺杂在道德的领域里呢？这不是在使天下人迷惑吗？小的迷惑，只是使人迷失方向的迷惑，大的迷惑，却会让人迷失本性，怎么知道会有这种情况呢？

自从舜以仁义号召天下，扰乱天下后，世人莫不争相行仁行义，这不就是因仁义而改变了本性的铁证吗？

所以，视力敏锐的，就会迷乱五色，过分修饰外表，像那青黄相错的彩绣一般，炫耀了人眼，这正是离朱造成的迷惑。听觉聪敏的，便混杂五声，扰乱六律，那金、石、丝、竹、黄钟、大吕 [14] 的声音不就是如此杂乱吗？这又是师旷迷惑了众人。

标举仁义，显耀己德，损害本性以求名声，使天下百姓交相追求仁义之法的人，除曾参、史鰌 [15] 外，还会有谁？而杨朱、墨翟等人 [16] 更善言诡辩，广集一些无用的言语，断章取义，专务"坚、白、同、异"之说，劳精伤神，以求那没有实用价值的理论。他们追求的不过是旁门左道，而非天下的正道！所谓正道，乃是不失本性的自然之理啊！

若能保有本性，就是足趾相连，手有六指，也不会觉得有什么不对劲，自然更不会认为长是多余，短是不足了。

小鸭的腿虽短，若硬要把它接长，它倒反要忧愁起来，鹤鸟的脚虽长，若强把它砍断一截，它反要悲哀了。因此，本性是长的，不要缩短它，本性是短的，也不必接长它，一任它自然发展，就没有什么可忧愁的了。

至于仁义，不也是本性吗？那些仁人为什么还处心积虑地去追求仁义呢？……

当今世上的仁人，无时无刻不在愁思天下百姓的忧患，而不仁的人，却又拼命追求富贵，如此看来，仁义岂非也是出于本性？但自三代以后，天下又何以为此喧嚷不清、奔走不停呢？

论无为（放任主义或不干涉主义）
《庄子》之《在宥》

只听说以无为宽厚待天下，没听说过以有为治理天下的。行无为，是恐怕天下人忘了他的本性；为宽厚，是怕天下人丧失了本德。假如世人能不忘本性，不失本德，还用得着去治理吗？

从前尧治理天下时，使天下人过着幸福快乐的生活，却没有给他们平静，桀治理天下时，使世人过着忧愁痛苦的生活，毫无欢乐可言。平静、欢乐是世人的本性，如果不能使天下人得到平静与欢乐，便是损害了百姓的本性，以此行为治理天下，国家岂能长久存在？

人过于喜悦，就会伤阳气，过于愤怒，又会伤害阴气；阴阳二气不调，四时也就不顺，寒暑的气节亦随之不和，这样恐怕会有伤人体。它会使人喜怒失常，居处无定，思虑不安，以致行为失去准则，矫情诈伪从中而生，因而有了曾参、史鳅和盗跖的善恶之行。

善恶既显著，赏罚自是避免不了，这样的话，就是用尽天下的宝藏也不足以赏善，用尽天下的斧钺也不足以罚恶，即使天下再大，又怎能供应这无穷尽的赏罚啊！自三代以后，统治天下的，竞相以赏罚为治理天下的手段，百姓哪还有机会使自己的性情达到宁静的境界？……

所以君子如果不得已而统治天下，不如无为，无为而后天下百姓的性情才可以达到宁静。因此，那些视自身的安宁较治理天下重要的人，就可以把天下托付给他；爱自身较治理天下为先的人，也就可以治理天下了[17]。

君子如果能"不伤害身体，不显耀聪明；静待无为而自然有威仪，沉默不言而后道德临至，精神有所归向以使动作自然合乎天理，从容无为而使万物能自在游动"的话，那又何必去治理天下呢？

关于无为之教和为道的学说，在第六章之一和第三十七章之一中有详细的说明。

第四章　道之德

　　道冲，而用之或不盈。渊兮，似万物之宗；挫其锐，解其纷，和其光，同其尘；湛兮，似或存。吾不知谁之子，象帝之先。

【语译】

　　道体是虚空的，然而作用却不穷竭。其深厚博大的情况，好似万物的宗主。它不露锋芒，它以简驭繁，在光明的地方，它就和其光，在尘垢的地方，它就同其尘。不要以为它是幽隐不明的，在幽隐中，却俨然存在。像这样的道体，我不知它是从何而来。似乎在有天帝以前就有了它。

　　下文为"道之德"——寂静、神奇——最初的描写形态，借《想象的孔老会谈》详述之，其中还提到老、庄思想的基础——周而复始学说。

道似海

《庄子》之《知北游》

孔子问老聃："今日有暇，特来请教什么是至道？"

老子回答："你先将心灵洗净，知识摒除吧！因为道是深幽不表达的。虽如此，我还是把大略的情况说给你听。

"显明的东西来自看不见的东西，有形来自无形，精神来自大道，万物起自形体，所以九窍的动物胎生，八窍的动物卵生。它们生下来的时候没有形迹，死后也无局限；没有出来的门户，也没有静息的归宿。它们站立的地方正是天地的中央，四面通达，广博而自在。"

顺应"大道"的人，四肢强壮，思虑通达，耳聪目明，不以忧愁苦其心，一味顺应万物。若没有至道，天就不能高大，地就不能广博，日月也不能运行，万物更无法壮大。

此外，学问渊博的人不必有真知，辩论的人也不必有智慧，因为这些都是被圣人摒弃的东西，只有那增加了的并不见得增加，减损了的也不见得减损的大道，才是圣人所珍贵的。

道之深，像大海一样，反复推送永无止境，运转万物永不疲乏。与此相比，君子之道只不过是一些皮毛啊！像这样被万物所依而不觉疲乏的，就是至道。

"挫其锐，解其纷"的思想，重复出现在第五十二、第五十六章内，请参看第五十六章。

第五章　天　地

天地不仁，以万物为刍狗；圣人不仁，以百姓为刍狗[18]。天地之间，其犹橐籥乎！虚而不屈，动而愈出。多言数穷，不如守中[19]。

【语译】

天地无所偏爱，纯任万物自然生长，既不有所作为，也不经意创造，因此它对于万物的生生死死，好比祭祀时所用的草扎成的狗一样，用完以后，随便拆除，随便抛弃，并不去爱惜它。

同样的道理，圣人效法天地之道，把百姓看做刍狗，让百姓随其性发展，使他们自相为治。天地之间，实在像一具风箱一样啊！没有人拉它，它便虚静无为，但是它生风的本性还是不变的，若是一旦鼓动起来，那风就汩汩涌出了。天地的或静或动也是这个道理。

我们常以自己的小聪明，妄作主张，固执己见不肯相让，实在说来，言论愈多，离道愈远，反而招致败亡，倒不如守着虚静无为的道体呢！

"天地不仁"、"圣人不仁"这些令人困惑的言辞，庄子解释得极为清楚，其义为：

一、老子一贯的道观：道为万物之上，其运行时，无私又公正，与基督教所谓的上帝迥然而异。站在中立的立场来说，道似科学之铁面无私，毫无人情可谈。

二、老庄认为：道对万物皆有仁。在庄子的作品中，孔子的"仁义之教"常在有意无意间遭到他的攻击。因为，在无善的世界里，不知哪是"仁"，却要人们行"仁"，亦不知哪是"义"，却要人们行"义"。

三、庄子强调人类的真爱，优于孔子所说"局部的人伦之爱"。

天地不仁，圣人不仁
《庄子》之《大宗师》、《齐物论》、《则阳》

许由将道描述为他的老师，说："我的老师，我的老师啊！他像秋天的严霜，使万物凋零，并不以为所行是'义'；恩泽及于万世，也不以为'仁'；他比上古先存而不自以为老；覆载天地，雕刻众形，而不以为那是技巧。在道中你必会找到他的。"

所以圣人用兵，虽灭了敌国，却未失人心；恩泽施于后代，非为爱人。……有私亲，就不是仁人。

大道是不能称述的，大辩是没有言论的，大仁的仁爱是无心的。因为，道要是称说了就不是真道，辩要是有了言论就不是大辩，仁要是固守一方就不是真仁。

商朝太宰荡向庄子问仁的道理。

庄子说："虎狼也有仁道。"

"这话怎么说？"

庄子回道："虎狼父子相亲，不就是有仁吗？"

太宰荡说："虎狼相亲的仁太浅了，请问至仁是怎样的呢？"

庄子说："至仁没有'亲'的关系。"

太宰又问："我曾经听说，不亲就是子不爱父，子不爱父便是不孝；至仁会是不孝吗？"

庄子答道："不是的。你所说的孝不足以说明它的含义。事实上，这并不是孝不孝的问题，而是比孝还要高的境界。"

如果只给天生丽质的人一面镜子，而不告诉他，那么他仍然不知道自己美。但是，说他不知，他似乎又有所知；说他不曾听别人谈过，似乎又有所耳闻。因此，他的美没有减损，人们对他的喜爱也永无止境，这乃是本性使然。

圣人爱人，是别人为他形容的；要是不告诉他，他就不知道自己的行为是爱人。但是，说他不知，他似乎又有所知；说他不曾听别人谈过，似乎又有所耳闻。因此，他的爱没有减损，人们安于其爱也永无止境，这同样也是本性使然。

道往下
《庄子》之《天地》、《齐物论》

庄子说："道是寂静不动，澄清不杂的。……一出一动，万物都紧随其后。……没有形状可看，没有声音可听，但在无形中，似乎又有实体存在，在无声中，似乎又有声相和。"

　　灌水进去不见满，取水出来不见干，而且不知其源流何处，这就叫做葆光。

第六章　谷　神

　　谷神[20]不死，是谓玄牝[21]；玄牝之门，是谓天地之根。绵绵若存，用之不勤[22]。

【语译】

　　虚无而神妙的道，变化是永不穷竭的。它能产生天地万物，所以称做"玄牝"。这幽深的生殖之门，是天地的根源。它至幽至微，连绵不绝地永存着，而它的作用，愈动愈出，无穷无尽，自天地开辟以来，迄今如此。

天地有大美：万物之源
《庄子》之《知北游》

　　天地有大美，然而却不言语；四时有明显的季节，然而却不议论；万物有生成的道理，然而却不说话。圣人推原天地的大美，通达万物的道理，因此至人、圣人均无为，只是效法天地的自然法则而已。

道的神明是极其精妙的，它能与万物合为一体，而万物的生死、形态，却随自然而变化，所以并不知道它的根源在哪里，只知它从古以来就自然地生存着。

但，天地四方虽浩大无比，却从未离开大道而独存，秋天兽类刚生的毫毛，虽微小至极，却能依靠大道而自成形体。由此可知天下万物浮沉变化，不会永远都是那样的。

同样地，阴阳四时按照自然的规律循序运行，像是存在，又像是不存在，没有形迹，却又有其妙用，万物受它化育，却不自知，这就是道的本根。懂得这个道理，便可观察自然的天道了。

至此，"道之德"大都显现出来：道是万物之母，不能名，更不能言；它出之有形，入于无形；既不行，又不言，是深不可测的众生之源；它公正无私（请参阅第七章），它无所不在（请参看第三十四章之二）。

其周而复始运行的原则（请看第四十章），产生了相对论，也涌出了成败、强弱、生死等反论思想。

【注释】

---

[1] 玄。此字的意思是幽微深远，同义语是"神秘"和"神秘主义"。人称道家为"玄教"，或"秘宗"。

[2] 妙可解释为"本质"，作名词用。是指奥妙莫测，真理不可知之意。

[3] 是非是一般道德的审判和心智辨别的标准，如：对错，真伪，是与非，肯定与否定，当与不当。

[4] 庄子时，墨家为儒家强劲的对手。

[5] 这两句的解释为："如果把不同的种类合而为一，所谓不同的地方自然就不存在了。"请看第二章之三。

[6] 请参阅第四十二章。

[7] 请参看第五章。

[8] 请参看第五十八章。

[9] 按字义作"天府"解。

[10] 政治上的尚贤，是典型的孔子思想。

[11] 中文的"虚心"解作"坦怀"或"谦虚"，是君子的特性。有时可解释为"消极"。在老子的书中，"虚"、"实"分别解释为"谦虚"和"骄傲"。

[12] 为，行的意思，本书常解作"干涉"。无为就是不干涉的意思，也可解释为"放任"。

[13] "仁义"为儒家思想的代表。

[14] 黄钟、大吕为标准的律管。

[15] 孔子的弟子。

[16] 杨朱和墨翟谓之"杨墨"。

[17] 请参阅第十三章。

[18] 天地之教。圣人行无所私，乃是体道（天地无情）而行。

[19] 中，人之本性。"守中"是道家的主张。

[20] 谷神形容道的虚无寂静，如风箱，是道家的"空"。

[21] 牝，象征创生作用，玄牝，谓不可思议的创生力。

[22] 指道创生万物，从不劳倦，永不穷竭。

第二篇
道的教训

　　天长地久。天地所以能长且久者，以其不
自生，故能长生。是以圣人后其身而身先，外
其身而身存。

第七章　无　私

　　天长地久。天地所以能长且久者，以其不自生[1]，故能长生。是以圣人后其身而身先，外其身而身存。非以其无私邪？故能成其私。

【语译】

　　自古至今，天还是这个天，地还是这个地。天地所以能长且久的缘故，乃因它不自营其生，所以才能长生。圣人明白这个道理，所以常把自身的事放在脑后，但是他的收获却远超出他的本意。这还不是因为他遇事无私，故而才能成就他的伟大吗？

道无私：无为的另一个成因
《庄子》之《则阳》

　　少知问太公调说："什么叫做丘里的言论？"

　　太公调说："丘里，是集合十姓百人，自成一个风俗的单位。它聚合了许多不同的成为相同，又把相同的分散为许多不同。就好像以马的各部分来认马一样，分散的马只是个体的一部分，不能称为马。所谓的马，是聚集了身体各部分形成的躯体而言。

"所以山丘是聚积小的才变成高大，江河是汇集了许多小溪才成为大川，天下的形成，乃是伟人并合了四面八方所致。了解这个道理，外便不会坚持成见，内更不会摒弃有道的本性。

"四时有不同的季节，天不偏私去改变它，所以才能完成一个周年；百官有不同的才能，国君不偏爱哪一人，所以国家才能太平；文武才俊之士的名衔，不是百官所赐，所以德行才能具备；万物有不同的条理，因为无私，所以大道才没有称谓；没有称谓，所以能无为，能无为也就无所不为了。

"时序有终始，世情有变化，祸福有循环，它们都各自追寻自己的目标。如果勉强改变它们的本性，只会导致双方迷失正道，对万物并没有什么好处可言。

"道就好像大泽一样，各种木材由此而长，再以大山为例，木、石不同却聚集一处，合于一堂。这就叫做丘里的言论。"

天无私覆
《庄子》之《大宗师》

天地包容，承载万物，没有丝毫的私心。

圣人无私
《庄子》之《天地》

庄子说："覆载万物的道何其伟大啊！君子不抛弃主见是体会不出的。

抱无为的态度去做，便称为'天'；以无为的言辞来表达，称做'德'；爱人无私，施恩万物，叫做'仁'；视不同的万物为同体，称为'大'；行为没有形迹，叫做'宽'；具备所有事物的不同点，便称为'富'。

"因此，持守的大小事物有顺序便是有'条理'；纲纪既行便有'力'；顺应大道，则有'备'；不因外物而动心挫志，就是'完人'了。

"君子一旦明白了这十种道理，其心便能包容万物而无所遗漏，到时，他宁愿把金子藏在深山，珠宝藏在大海里，也不会借重它去求利的。

"此外，他不会再苦心求取富贵，更不喜欢长寿，不哀伤夭折，不以显达为荣，不以穷困为忧，不把世俗的财利占为己有，不认为君临天下是自己的荣耀。因为，当他忘掉物我的分别，与万物同归于一时，生死荣辱对他而言便没什么不同了。"

关于"有己"的思想，请看第十三章的说明。

第八章　水

上善若水。水善利万物而不争，处众人之所恶，故几于道。居善地，心善渊，与善仁，言善信，政善治，事善能，动善时。夫唯不争，故无尤。

【语译】

合于道体的人，好比水，水是善利万物却又最不会与物相争的。他们乐于停留在大家所厌恶的卑下地方，所以最接近"道"。

他乐与卑下的人相处，心境十分沉静，交友真诚相爱，言语信实可靠，为政国泰民安，行事必能尽其所长，举动必能符合时宜，这是因为他不争，所以才无错失。

若对照研究老庄的著作，不难发现二人最大的不同点就是"不争"的观念。正如序文所指，老子最有代表性的学说是不争、谦恭、涵养及就低位（如水），他曾利用不少篇幅来谈论。

然而，要在庄子的作品中找到和这个相同的观点，不但不容易，甚至可说是不可能。所以人们常误以为庄子比名家更强调雌性的精神。其实，老子以"水"作为柔弱、就低位等智慧之象征，也正是庄子口中的"精神宁静"。请参考序文。

水乃天德之象
《庄子》之《刻意》、《德充符》

形体劳苦不休息就会疲惫，精力耗用不停止就会疲劳，疲劳导致精力的枯竭。如同水一样，水不混杂就清澈，不扰动就平静，但是如果闭塞它而不让它流动的话，就不能清澈了。这种平静随着自然运行的现象，便是天德之象。

没有一样东西能比水还要平坦，必定要用水作法则。静止的水，外无水波，内里透明。人心也是如此，如果内心能保持平静，便不会被外物所动摇。

庄子认为精神和物质是不同的。尽管他赞同人类的精神在无形的世界中徘徊，但对生活上的问题却并未忽视。这些问题是："某些事是不能被帮助的。不助的态度就是圣人的态度。"这种态度也正是忍耐、谦虚的美德。

天道和人道
《庄子》之《在宥》、《知北游》

万物虽贱，却又不得不任其自然去发展；百姓虽卑，却又不能不顺从；世事虽不明显，却又不能不参与；言教虽不适当，却又必须去陈述；义理离道虽远，但却不能被抛弃。

仁爱虽有偏私，却又不得不推广；礼章虽繁杂，却又不能不加强；德行虽与世相和，却又不能不自立；大道虽是一体，却又不得不变化；天道虽神秘不可知，却又不得不行。

所以圣人观察天地的妙理，并不以人力去助长自然，也不故意去行德，他的行为符合大道而不是出自预先的计谋，应合于仁而不自以为有恩，接近义理而不自以为受到重视。

他应接礼仪而不拘泥，接触世事而不辞让，以自然的法则齐一万物而不致纷乱，依恃百姓而不轻用其力，因任万物而不离其本源。

世间的事物有不值得去做的，也有非做不可的，这本是自然的道理。那些不明白大道的人，是因为他的德行还没有达到纯一的境界，因此他所做的事也常常遭到阻挠。那不明大道的人啊，实在可悲！

什么是大道？所谓的大道有天道和人道之分。无为而受尊崇的是天道，有为而致纷乱的是人道；主宰万物的是天道，饱受役使的是人道。天道和人道，差别极大，不可不详加体察。

调和而顺应它，便是德；无心而顺应它，就是道了。

第九章　自满的危险

　　持而盈之，不如其已；揣而锐之，不可长保；金玉满堂，莫之能守；富贵而骄，自遗其咎。功遂身退，天之道。

【语译】

　　若是自满自夸，不如适时而止，因为水满自溢，过于自满的人必会跌倒。若常显露锋芒，这种锐势总不能长久保住；因为过于刚强则易折，惯于逼人必易遭打击。

　　金玉满堂的人虽然富有，却不能永久保住他的财富；而那持富而骄的人，最后必自取其祸。只有功成身退、含藏收敛，不自满、不自骄的人，才合乎自然之道。

自鸣得意，偷安和驼背

《庄子》之《徐无鬼》

　　世上有自以为是的人，有偷安自喜的人，有身体伛偻的人。

所谓自以为是的人，便是只学习了一位老师的学说，就扬扬得意地说自己已经很充实了，却不知道宇宙开始时是什么都不存在的。

偷安自喜的人，在猪毛稀少的地方为居，便以为是广大的宫室、宽阔的庭院了。他们藏身在猪的两股、乳腋、脚肘和胸怀间，自以为找到了安全的处所，却不知一旦屠夫举起手臂，放火烧猪的时候，自己便和猪一起葬身火海。这是和环境同进，又和环境同亡的一类。

至于驼背的人，就是舜了。羊肉不喜欢蚂蚁，蚂蚁却非常爱慕羊肉，这是因为羊肉有膻味的缘故。舜就像羊有膻味一样，因此百姓爱慕他就好像蚂蚁喜爱羊肉一般，所以他三次迁都，百姓都跟随其后。他所治理的邓，现在已经有十万多户人家了。

尧听到舜的贤能，便把他派到没有开发的地方，希望他替百姓带来恩泽。舜被派到那个地方的时候，年纪已经很大，耳目也已衰退，但是他却不能退休归养。所以说，舜就是身躯伛偻的人。

积财之险
《庄子》之《盗跖》

满苟得说："无耻的人大多富有，言过其实的人大多显达。"

儒教不足学
《庄子》之《外物》

儒者为了研究诗书礼乐而去掘古墓。

大儒传话下来说："天快亮啦！事情办得如何？"

小儒说："还没有把死者的裙子短袄脱下来。不过我们在他嘴里看到一颗珠子。古诗上面记载说：'青翠的麦子，生在土坡上面。'这个人活着不周济别人，死后含颗珠干什么？"

于是，捏着死尸的鬓发，按着尸体的胡鬓，用铁锤敲着他的下颌，慢慢分开两腮。他们的动作非常谨慎，唯恐损坏尸体口中的珠子。

谦卑
《庄子》之《列御寇》

正考父（孔子十代祖）一任士职，就曲着背；再升大夫，就弯着腰；最后担任卿职时，就俯着身顺着墙走路了。他这样地谦卑，哪里还有人敢侮辱他？

如果是一般的凡夫俗子，一上任士职，就开始自命不凡；再任大夫，便在车上轻狂起来；一旦担任卿职，便自称长者了。

屠羊说的故事
《庄子》之《让王》

楚昭王弃国逃亡，屠羊说也跟着昭王出走。昭王返国，要奖赏跟从他的人。但是等到找到屠羊说的时候，屠羊说却说："大王失国的时候，我放弃了屠宰的工作。现在大王回国，我的工作已经恢复，又何必说什么奖赏呢？"昭王坚持要他接受。

屠羊说又说："大王失国，不是我的罪过，所以我不该接受诛罚；大王返国，也不是我的功劳，所以我也不敢接受奖赏。"昭王便宣召他进宫相见。

但是，屠羊说拒绝了，并且说道："楚国的法律是必定要有特殊功劳的人才得晋见大王的，现在我的才智不足以保卫国家，勇力又不足以消灭敌人，怎敢妄自觐见大王呢？而且，当吴国军队入侵郢都的时候，我因为害怕而逃避他乡，并不是有意追随大王的。如今大王要废置法律召见我，实在是很不合理的啊！"

　　这篇文章是选自《让王》，一般人都认为这是杜撰的。

第十章　抱　一

　　载营魄抱一[2]，能无离乎？专气致柔，能如婴儿乎[3]？涤除玄览，能无疵乎？爱民治国，能无为乎？天门开阖，能为雌乎[4]？明白四达，能无知乎？生之畜之。生而不有，为而不恃，长而不宰。是谓玄德。

【语译】

　　你能摄持躯体，专一心志，使精神和形体合一，永不分离吗？你能保全本性，持守天真，集气到最柔和的心境，像婴儿一样地纯真吗？你能洗净尘垢、邪恶，使心灵回复光明澄澈而毫无瑕疵吗？你爱民治国，能自然无为吗？你运用感官动静语默之间，能致虚守静吗？你能大彻大悟，智无不照，不用心机吗？

　　这些事如果都能做到的话，便能任万物之性而化生，因万物之性而长养。生长万物而不据为己有，兴作万物而不自恃己能，长养万物而不视己为主宰。这就是最深的"德"了。

庄子写了一篇老子的对话，其中提到了许多思想，和本章大义大为相符。

保全本性的常道
《庄子》之《庚桑楚》

南荣趎带着粮食，走了七天七夜，到达老子的住所。

老子问他说："你从楚国来的吗？"

南荣趎回答："是的。"

老子又问："你怎么和这么多人一起来？"

南荣趎吃惊地回过头看了看。

老子笑了笑说："你不知道我所说的意思吗？"

南荣趎羞愧地低下头，然后叹息一声说道："我不知道该怎么样来回答你的问题，而且也忘记了自己此来是要问什么。"老子怀疑地问："这话是什么意思呢？"南荣趎回答道："有件事很叫我烦恼。如果我不求知，人家说我愚蠢，如果我得到了知识，反而使自己伤脑筋；如果我不学仁，会害人，行了仁，又担心违背大道；若说我不行义，会伤人，行了义又忧愁自己会违背本性。我该怎么做才能避免这些困扰啊？这就是我老远赶来向你请教的原因。"

老子说："刚才我看你眉目间的神态，就已经了解大半，现在听你这么一说，就知道我所想的没有错了。你的样子看起来既像失去双亲的孤儿，又像拿着小竹竿去探测大海的人。唉！你已经失去了自我。虽然你想恢复自己的本性，但是又不知道从何做起，所以你的心才会这么混乱，我实在为你感到难过。"

南荣趎回到家中，抛弃那些扰他的俗事，专心致力于道德方面的修养。十天后，他仍然觉得心里郁闷，于是又来见老子。

老子说道："你已经洗净了本心，所以体内已充满了精气，但是你的内心还存有一些系累，这就是导致你烦恼的因素。请记住，当你的耳目受声色引诱时，不可去控制它，应该不用心智来平息耳目的纷扰。

"当你的心智被物欲所系时，千万不要控制它，一定要尽力断绝心神的活动。耳目心智被外物所扰，即使有道德的人也不能自持，何况那仿效大道而行的人？"

南荣趎说："有个人病了，他的邻居去看他，病人把自己的病情告诉了邻居，但是来探望他的人并没有因为听到了病情就使得自己也生病。而我听了你的大道，倒像是吃药反而加重了病势。你还是告诉我一些保全本性的常道吧！"

老子说："要知道保全本性的常道，先得问自己有否离本性？能使本性自得吗？能不必卜筮就知道吉凶吗？能安守本分吗？能不追求外物吗？能不仿效别人而求于自己吗？能无拘无束吗？能随顺物性吗？能像赤子之心吗？

"赤子整天号哭，声音却不嘶哑，这是心气和顺的极致；整天握拳而不拿东西，这是德行自然的结果；整天看而眼珠不动，这是看不偏向的结果；走路没有目的，停下来也不知道要做什么，只是随顺外物，与之同浮同沉罢了，而这就是保全本性的常道。"

老子把人性非恶比做"婴儿"和"璞"。

天徒与人徒
《庄子》之《人间世》

心里诚直的和天理同类（天徒），既和天理同类就知道：人君和我无分贵贱，全属天生。……人们将称我做"童子"，它的意思就是"和天同类"。

　　外貌恭敬的和人同类（人徒）。有人手执朝笏，跪拜鞠躬，行人臣之礼，一般人就说：别人都这么做了，我敢不做吗？做别人所做的事，别人自不会嫉恨，这就叫做"和人同类"。

　　"生之"、"育之"等思想，请参阅第五十一章。

第十一章 "无"的用处

　　三十辐，共一毂，当其无，有车之用。埏埴以为器，当其无，有器之用。凿户牖以为室，当其无，有室之用。故有之以为利，无之以为用。

【语译】

　　三十根车辐汇集到一个毂当中，有了车毂中空的地方，才有车的作用；否则车轴便无处安插，车也不能转动了。糅合陶土成为器具，有了器皿中空的地方，才有器皿的作用；否则器具便失去了用处，连一点东西也不能包容。开凿门窗建造房屋，有了门窗四壁中空的地方，才有房屋的作用；否则也就毫无用处可言了。如果明白这种道理，就知道"有"给人便利，"无"发挥了它的作用；真正有用的所在，还是在于虚空的"无"。

"无"的用处
《庄子》之《外物》

眼睛明敏便看得清楚；耳朵灵敏便听得明白；鼻子通畅可以闻气息；嘴巴通彻可以尝美味；心里通达，思路便畅行无阻；智慧透彻，便已到达德的境界。

道是不可以壅滞的，壅滞了就要梗塞，梗塞不止，结果行为必定狂妄，终致互相践踏，互相攻击，祸害从此生起。凡物有知觉的，都靠气息周转不停；假使气流不畅，并不是天的过失，因为天生万物，都以孔窍通气息，又怎会阻塞气流？是人的声色嗜欲，阻塞了那条通道啊！

人肚里是空虚的，所以能容纳胎儿；心地必须空虚，方可安容天机。比如房屋没有空余的地方，婆媳难免有所争吵。人也是一样，心地若不空虚，六情自会互相争夺。至于看见深山丛林就觉得清爽可喜，则是由于平日心胸狭窄，心神不适所致。

"无用"的用处
《庄子》之《外物》、《徐无鬼》

惠子对庄子说："你所说的话毫无用处可言。"

庄子回答说："知道无用就可以和他谈有用的道理。广大无边的地，人所使用的，不过一块立足之地而已，其余没有用到的地方还多着呢！若将立足以外之地尽掘到黄泉，那么对于那块有用的地而言，还有用吗？"

惠子道："没有用了。"

庄子说道："那么，没有用处的用处不是就很明显了！"

脚所踩的地方虽然只是像鞋那么大的一块地，但他还必须靠他没有踩着的地方继续远行。

不知的安慰
《庄子》之《达生》

精于手艺的人，不用规矩就可以画圆或直线，那是因为他的手指和使用的工具已化合为一，可以专心致志而不受拘束。因此，忘记了有脚的存在，鞋子穿起来就舒适了；忘记了腰的存在，皮带束上也舒适了；忘记了是非的存在，心情自然也随之舒畅起来。

心志不变，便不会受外物的影响，所在之处则无不安适。一旦觉得安适，就再也不会觉得不安适了，那是因为"它"——道，是忘记了安适的"安适"。

讨论"无用的树之有用"的思想，请参阅第二十二章之三的说明。

第十二章　感　官

五色令人目盲；五音令人耳聋；五味令人口爽；驰骋畋猎，令人心发狂；难得之货，令人行妨[5]。是以圣人为腹不为目[6]，故去彼取此。

【语译】

过分追求色彩的享受，终致视觉迟钝，视而不见；过分追求声音的享受，终致听觉不灵，听而不闻；过分追求味道的享受，终致味觉丧失，食不知味；过分纵情于骑马打猎，追逐鸟兽，终致心神不宁，放荡不安；过分追求金银珍宝，终致行伤德坏，身败名裂。

所以圣人的生活，只求饱腹，不求享受，宁取质朴宁静，而不取奢侈浮华。主张摒弃一切外物的引诱，以确保固有的天真。

感官减损了人性
《庄子》之《天地》

　　丧失天性的五种要素是：一为五色，它迷乱了众人的眼睛，使他们所见不明；二为五音，它迷乱了众人的耳朵，使他们的耳朵不聪；三为五臭，它熏迷了众人的鼻子，使他们鼻塞不通而伤到额头；四为五味，它污浊了众人的口舌，使他们食不知味；五为欲望，它混乱了众人的心扉，使得他们心情浮动而急躁。这五种因素扰乱了我们的生活，而杨朱和墨翟还认为这是有得的表现。

　　但是他们口中的得，并非我所说的"得"，因为有得就有困，这样的得可以称为"得"吗？如果是的话，那被人养在笼中的斑鸠和鹦鸟，也可以说是"得"了。

　　如果一个人的内心为声色欲望所塞，形体为皮帽、鹬冠、搢笏、大带、长裙所束，还自以为得，那么被反绑臂指的罪人和困于笼中的虎豹，也可以说是自得了。

河风的行为
《庄子》之《徐无鬼》

　　风吹过河，河水就有损失；太阳晒河，河水也有损失。假如让风和太阳与河水相守，若河水自以为没有损失，那是因为有水不断流过来的缘故。

　　所以水固守着泥土，影固守着形体，物物也彼此相系。因此，眼睛想要过分求明，耳朵想要过分求聪，心意过分追逐外物，便会导致伤害。危害一形成就来不及改变，反而会逐渐滋长丛生。

外物改变了本性

《庄子》之《骈拇》

　　三代以来，人莫不因外物而改变了自己的本性；小人为利牺牲，读书人为名牺牲，官吏为家牺牲，圣人则为天下而牺牲。这些人的事业不同，名声各异，但他们损害本性，牺牲自身的精神却是一致的。

　　譬如说：有臧和谷两个人去牧羊，他们都失掉了羊群。问臧怎么丢了羊的？他说是在读书。问谷怎么丢掉羊的？他答说因为赌博。两个人失去羊的原因虽不同，而其结果（都失掉了羊）却是相同的。

第十三章　荣　辱

宠辱若惊，贵大患若身。何谓宠辱若惊？宠为上，辱为下，得之若惊，失之若惊，是谓宠辱若惊。何谓贵大患若身[7]？吾所以有大患者，为吾有身，及吾无身[8]，吾有何患？故贵以身为天下者，则可寄于天下；爱以身为天下者，乃可以托于天下。

【语译】

世人重视外来的宠辱，没有本心的修养，所以得宠受辱，都免不了因而身惊，又因不能把生死置之度外，畏惧大的祸患也因而身惊。

为什么得宠和受辱都要身惊呢？因为在世人的心目中，一般都是宠上辱下，宠尊辱卑。得到光荣就觉得尊显，受到耻辱就觉得丢人，因此得之也惊，失之也惊。为什么畏惧大的祸患也身惊呢？因为我们常想到自己，假使我们忘了自己，哪还有什么祸患呢？所以说，能够以贵身的态度去为天下，才可把天下托付他；以爱身的态度去为天下，才可把天下交给他。

人失去本性，乃因五官分心于物质世界所致。一般宗教家认为，要使人类的精神得到解脱，唯有采取无我之教，这也是他们共同的理想。

至于道家的解脱，乃是透过了解自身之无及天地之有而来。明白了这个道理，万事的幸与不幸，荣或辱都将化成肤浅和无义。

"故贵以身为天下者，则可寄于天下；爱以身为天下者，乃可以托于天下。"也出现在第三章之四，若能对照阅读，将会有更深一层的领悟。

荣、辱的定义
《庄子》之《缮性》

大道本不能琐碎地去施行，道德原不能心存偏见地去了解。只了解一方，便伤害了德行；只施行一方，也妨害了大道。所以说："使自己的行为正当就好了。"

快乐又保有天性的叫做"得志"。古代所谓的得志，并不是高官厚禄的意思，乃是指没有比现在再欢乐的愉快而言。如今所谓的得志，指的却是高官厚禄了。

官爵对人来说，并不是天生就有，而是外物暂时的寄放。凡是暂寄的东西，来了不能拒绝，去了也不能阻止。

所以有道的人不因为自己的官爵显贵，就放纵自己的心志；不因为自己的地位穷困，就抑低自己的身份，以讨世人的欢心，而把高官和穷困的快乐视为一体。这样他才能身居显贵而无所忧虑，身处困境也无所愁烦。

如果暂寄的富贵离开了就不快乐，那么在他快乐的时候，其本性的

丧失也就可想而知了。所以说：因外物而丧失自己，因世俗而丧失天性
的人，便是不分轻重、本末倒置的人。

主权（所有权）
《庄子》之《知北游》

有一天，舜问丞说："道可以占有吗？"

丞说道："你的身体都不是自己的，怎能占有道？"

舜奇怪地说："我的身体不是我的，是谁的？"

丞答道："是天地借给你的。不但如此，你的生命也不是你的，是
天地借给你的冲和之气；本性也不是你的，是天地借给你的自然法则；
子孙更不是你的，是天地借给你的蜕变（若蛇或蝉）。所以动则不知去向，
止则不知何为，食也不知其味。这一切的一切，乃是天地运行的阳气所
形成，你怎么能占有它啊？"

从以上的观点，道家产生了"至人无我"的学说：人应"藏天下于
天下"，不应在家庭的某个角落里寻找安全和舒适。所以，人该在道中
忘记自己，就好像鱼在水中忘记自己一样。（鱼相忘乎江湖，人相忘乎
道术——《大宗师》）。

至人无我
《庄子》之《逍遥游》《在宥》

在小水泽中的雀讥笑大鹏说："它想飞到哪里去啊？我飞腾起来，
不过几十丈高就落下，然后在蓬蒿之间翱翔，这样不是也飞得很自在
吗？它到底要飞到哪儿去呢？"这就是小和大的区别吧！

试看那些其智能可以担任一官之职，行为能够号召一乡群众，德行可以合乎国君要求的人，不是和小泽中的雀一样的见识吗？宋荣子对这些人只有耻笑，又岂会赞同？

然而，宋荣子是怎样的一个人呢？假如社会上所有的人都称赞他，他不会特别得意；世上的人都耻笑诽谤他，他也不会沮丧。因为他能认定内外的分际，辨别荣辱的境界。这种人在世上已经很少见了，可惜的是他还不能达到至德的地步。

那列子[9]乘风而行，真是轻妙极了，过了十五天他才回来，得此风仙之福的人，世上少有。但是，他虽乘风而去，免于步行，却还要乘风才能飞行，毕竟还得依靠某物[10]。

至于那掌握天地枢纽、适应六气变化，遨游于无穷的宇宙，不受时间空间限制的人，还须倚恃什么呢？所以说："至德的人，忘却自己，无心用世；神明的人，忘却立功，无心作为；圣哲的人，忘却求名，无心胜人。"

圣人的教化，就像形和影、声和响那样密切。有问的时候，他必尽自己所知道的去答复。他休息时，寂寥无声；行动时，又随物变化无迹可寻；他提挈万物复归于自然的本性；遨游于没有涯际的境界；往来于无边无际的地方，与时俱化，无终无始。

以他的形体而论，他和万物化合玄同，既与万物同体，就已达到无己的境界。已经无己，哪里还会有物的存在？认为有物存在的，是古代的君子；认为无物存在的，才是自然的朋友。

藏天下于天下

《庄子》之《大宗师》

把船藏在山谷，把山藏在深泽，应该算是很可靠了。可是半夜里，有个大力士把山谷和深泽都背走了，那藏的人竟还不知道呢！无论收藏大的物件，或小的物件，虽然都可以找到合适的地方，却不能使它们没有变化。如果一味地把小东西藏在大东西里面，结果还是会丢掉的。

天下的理不是一人可以私定的，若将天下的理赋予天下，把属于天下的藏之于天下，所藏的也就不会丢失了。因为这本是万物的法则。

如果只具有人形，就高兴得不得了，那么世界上像人一样具有形体，又能千变万化的，其欢乐可就无法名之了。所以圣人将心寄托在没有变化而永远存在的大道中，没有什么欢喜，也没有什么悲哀。

能顺着寿命的长短、生死的变化而为的人，尽管他还不能忘却生死的观念，但也足够成为人的典范；何况那混合万物，齐一变化，主宰万物的道呢？

【注释】

―――――――――――――

[1] 因为它的变化而赋生命予万物。

[2] 相当重要的道家用语。

[3] 婴儿是纯洁的象征。庄子也以"小犊"为喻。

[4] 阴是消极、敏悟、寂静的。请参阅第六章的"玄牝之门，是谓天地根"。

[5] 按字义解，为"提防"的意思。

[6] 此地的"腹"是内在的自我、无意识及本能等意；"目"为外在的自我或感觉上的世界。

[7] 译作生死。庄子原文特别强调这个解释。

[8] 按字义作"身体"解。

[9] 哲学家，生平不详。有关《列子》一书，据传为后世编纂的。

[10] 风。

第三篇

道的描摹

视之不见，名曰夷，听之不闻，名曰希，博之
不得，名曰微。此三者，不可致诘，故混而为一。

第十四章　太初之道

　　视之不见，名曰夷，听之不闻，名曰希，博之不得，名曰微[1]。此三者，不可致诘，故混而为一。其上不皎，其下不昧，绳绳兮不可名，复归于无物。是谓无状之状，无物之象，是谓惚恍。迎之不见其首，随之不见其后。执古之道，以御今之有。能知古始，是谓道纪[2]。

【语译】

　　看不见的叫做"夷"，听不见的叫做"希"，摸不着的叫做"微"。道既然看不见、听不到、摸不着，又从何去穷究它的形象呢？所以它是混沌一体的。

　　这个混沌一体的道，按高处说，它并不显得光亮；按低处说，它也不显得昏暗。只不过是那样的幽微深处而又不可名状，到最后还是归于无物。这叫没有形状的"形状"，没有物体的"形象"，也可称它为恍惚不定的状态。

你想迎着它，却看不到它；想随着它，也望不见它。秉持着这亘古就已存在的道，就可以驾驭万事万物。能够了解这亘古就存在的道，就知道"道"的规律了。

本篇所谈更玄了。相信道不能名、不能解、不能述、不可知的人，对天地之美及其变化之莫测，怀着敬畏、虔诚的态度。然而，对道绝望的人，却深信道是虚幻不定的。它企图逃避我们所有的探究和努力，恰似生命最深远、最基本的问题一样，也以同样的方式避开了生物学家。

在明白生命是如何进入"有"之后，正是我们即将发现它的秘密时，然而我们面对的却是空白。神秘主义者往往以神秘的术语谈到天地之道及其幻象。但是要知道，这种探索的责任不应单由神秘主义者来担当，而是所有的科学家都应负起这种使命才对。

我相信这种对不知的虔敬态度，将是导致科学家走向接受宗教道路的主因。

而今，敬道的一方把自己投入有形无形的问题，及看不见的因果关系中；绝望的一方只有强迫自己想象一个从未被证实、看见、感觉、听到的"根"——一个原始的原则，一种力量的泉源及一个决定性始因。

道家口中的道，是不言不行又无时不运行的寂静行列；是外在活动及寂静的循环，也是万物复归为始与出之有形、入之无形的循环。

如此寂静、透彻的道之"象"，形成了道家（希望保持本性又不违反道性）的典范。因此，谦卑、寂静、忘私、无誉等学说，被散播在多变的宇宙中。

看不见，听不到，摸不着

《庄子》之《知北游》、《则阳》

光耀问无有说："你是有呢？还是没有？"

光耀得不到回音，便仔细地看了看无有的容貌，但是他所看到的只是黑暗和空虚。于是他利用整天的工夫来审视无有，其结果仍然是看不见，听不到，也摸不着。

最后光耀只好叹息道："这就是最高的境界了。还有谁能达到这个地步啊？我能够做到无，却没有办法达到完全没有，等到要做到完全没有的时候，反而变成了有。他到底是如何达到这种境界的呢？"

我们看见万物的生长，却没有看见赋予它生命的本根；看见它出现，却不知它从何出现。人们重视的只是他所知的事物，而事实上他却是一无所知；唯有那依靠他所不知而得知的人，才是真知。这不是个大疑惑吗？算了吧！人是不能避免这种情形发生的。这也就是人们（哲学家）常说的："想是这样吧！可是真的这样吗？"

道是看不见形体、听不到声音的，一般人说它深不可测。但是像这样被议论的道，并不是真的道。

庄子在下面这段寓言中，以一连串相对的形式，来说明"无形"是最有力的真理。

动物、风和心的寓言

《庄子》之《秋水》

独脚的兽羡慕多脚的虫，多脚的虫又羡慕无脚的蛇，无脚的蛇又羡慕无形的风，无形的风又羡慕明察外物的眼睛，明察外物的眼睛又羡慕内在的心灵。

独脚兽向多脚虫说："我用一只脚跳着走，说多方便就有多方便。现在你却有一万只脚可以使用，真不知道你是怎么安排它们的。"

多脚虫回答说："你这话就不对了。你没有看过吐唾沫的人吗？唾沫喷出来的时候，大点像珠子，小点像细雾，掺杂而出，简直数都数不清，这都是出于天然的缘故。现在我顺着天机而动，自己也不晓得是什么原因。"

后来多脚虫又向蛇说："我用这么多脚走路，还不如你没有脚走得快，这是怎么回事？"

蛇回答："我顺着天机而动，要脚做什么？"

然后蛇又向风说："我用脊背和两肋走路，还像有脚的样子，而你刮起风来从北吹到南，完全没有形体，这是什么缘故？"

风回答说："不错，我刮起风来可以从北海吹到南海，但是却仍比不过人。人若用指头指我，我吹不断他的手指，人若用脚踢我，我也吹不断他的脚。我只能吹折大树，吹毁房屋而已。所以我是用小的失败来成就大胜利，这种大胜利只有圣人才能做到。"

庄子并没有把这篇寓言的后半部分写出来。但是，我们仍不难看出他暗指风（也就是空气）在羡慕眼睛，因为视力和光线（接近电子和非电子的范围）跑得比风还快。然而，心在刹那间越过时间，穿过空间，速度甚至比光更快，而其本身却是无形的。

第十五章　古之善为士者

　　古之善为道[3]者，微妙玄通，深不可识。夫唯不可识，故强为之容。豫兮若冬涉川，犹兮若畏四邻，俨兮其若客，涣兮若冰之将释，敦[4]兮其若朴[5]，旷兮其若谷，浑[6]兮其若浊：孰能浊以止，静之徐清，孰能安以久，动之徐生。保此道者不欲盈。夫唯不盈[7]，故能蔽而新成。

【语译】

　　古时有道之士是不可思议的，他胸中的智慧，深邃不易解。因为他不易解，所以要描述他的话也只能勉强形容而已。

　　他小心谨慎的样子好像冬天涉足于河川；警觉戒惕的精神好像提防四邻窥伺；拘谨严肃，好像身为宾客；融和可亲，好像春风中冰的解冻；淳厚朴质，好像未经雕琢的素材；心胸开阔，好像空旷的山谷；浑朴纯和，好像混浊的大水。

试问谁能在动荡中安静下来而慢慢地澄清？谁能在安定中生动起来而慢慢活泼？唯独得道的人，才有这种能力。因为得道的人不自满，所以才能与万物同运行，永远收到去故更新的效果。

因为生命是不朽的，所以道虽不为，而四时行焉，又因它不炫智，不多言，所以成为道家的"心象"。

真人的举止
《庄子》之《大宗师》

古时候的真人，睡时不做梦，醒时无忧虑，饮食不求精美，气息深沉有力。真人的呼吸是从脚后跟开始用力，普通人只用喉咙呼吸。当他在议论时，一被人屈服，说起话来不是吞吞吐吐像喉头噎住似的，便是一副要吐不吐的样子。人的嗜欲越深，天机就越浅了。这就是一明证。

古时候的真人，不知道喜欢生存，也不知道憎恨死亡，不因降生人世而喜，也不会拒绝死亡的来临；他们把生死看做极为平常的事，却能牢记不忘生的来源，不求死的场所；当死亡来临的时候，他们怀着欣然接受的态度，以期重返自然。因为他们知道死亡本就是生存的开始。这种不用心机违反大道，不用人为胜过天理的人，就叫做真人。

他们的内心无忧无虑，容貌安详而平静，额头更是宽大无比，严肃的时候有如肃杀的秋天，温顺又如春临，喜怒时更好似四时的运转。他们能顺应事物的变化随遇而安，所以没有人知道他们的胸怀究竟有无极限……

古时候的真人身形高大不动摇，卑躬自谦不谄媚，个性坚强不固执，志向远大不夸饰。他们的神情欢愉，行为也合乎自然之理。他们待人处事有威严但不骄傲，高远而不受牵制。那沉默的表情，好似封闭的感觉，那无心的模样，又好似忘记了言辞，即使有什么言语，也完全没有心机。

　　庄子在第八章之一中，把水比做"平"——"平者，水停之盛也"，及静动交替的"道体"——"形劳而不休则弊，精用而不已则劳。劳则竭。水之性，不杂则清，莫动则平。……天德之象也。"

孔子论水
《庄子》之《德充符》

　　孔子："人不到流动的水面上照自己的影子，而到静止的水面去照。这个意思就是说，唯有静止的东西才能吸引那渴求静止的人。"

第十六章　知常道

致虚极，守静笃。万物并作，吾以观复。夫物芸芸，各复归其根。归根曰静，是谓复命。复命曰常^[8]。知常曰明。不知常，妄作凶。知常容，容乃公，公乃全^[9]，全乃天^[10]，天乃道，道乃久。没身不殆。

【语译】

若是致虚、宁静的功夫达到极致，以去知去欲。那么万物的生长、活动，我们都不难看出它们由无到有，再由有到无，往复循环的规则。虽然万物复杂众多，到头来还是要各返根源。回返根源叫做"静"，也叫"复命"。这是万物变化的常规，所以"复命"叫做"常"。了解这个常道可称为明智。不了解这个常道而轻举妄为，那就要产生祸害了。了解常道的人无事不通，无所不包；无事不通，无所不包就能坦然大公，坦然大公才能做到无不周遍，无不周遍才能符合自然，符合自然才能符合于"道"，体道而行才能永垂不朽。

如此，终生也就可免于危殆。

虚静的学说是由往复循环的理论而来。当"静"为道回返原始的形体时，动则为道暂时的表现。动静循环说，乃是道家的基本学理。在第二十五、三十七、四十章内，对此均有详细的说明。

至人的用心像明镜
《庄子》之《应帝王》

不要做任何荣誉的承受人，不要做主谋策划的智囊，不要承担事情的责任，也不要做运用智慧的主宰。了解大道的无穷，便可遨游无边无际的所在；克尽自己天赋的本性，不要自以为有所得而喜。因为世上的一切，不过是虚无罢了！

至人的用心像镜子一般，物去了不送，来了也不迎，自然而然反射出"它"的影像，没有私毫的隐藏或偏见。所以它能够消除物我的对立，应接万物而不被物所损伤。

心情宁静可以治疗紧张
《庄子》之《外物》

静默可以补养疾病，按摩眼角可以防止衰老，心情平静可以治疗紧张。这不过是教劳动的人安静休息的方法。若自身能求平静的人，就用不着做这些了。

因此，圣人改革天下人的习俗和见解，神人从来不过问；贤人改革当世人的习俗和见解，圣人从来不过问；君子改革一国人的习俗和见解，贤人从来不过问；小人趋时求利，君子也从不去过问。

复根（云将和鸿蒙的谈话）

《庄子》之《在宥》

云将到东方游玩，经过一棵神木旁，鸿蒙正在高兴地拍着腿跳来跳去地嬉戏。云将看到了，惊异地停下问他："老丈是什么人？在这里做什么？"

鸿蒙边拍腿跳跃边回答说："遨游呀！"

云将恭敬地说道："我有事想请教你。"

鸿蒙抬头看了看云将，然后应了一声："嗯！"

于是云将问道："天气不和，地气郁结，六气不调[11]，四时也已不明。如今我想集合六气的精灵，来养育万物，该怎么做才好？"

鸿蒙拍腿跳跃摇头喊道："我不知道！我不知道！"

云将不敢再问，只得辞别而去。过了三年，云将又到东方游玩，路过宋境，又碰到鸿蒙。云将高兴极了，上前跪下说："你[12]忘记我了吗？你忘记我了吗？"然后再三叩拜，希望听鸿蒙的教示。但是鸿蒙却一味地摇头说："我顺兴而游，既没什么企求，也没有一定的去所，只是观察万物的形形色色而已，能知道什么呢？"

云将说："我也自以为无心而做，可是百姓却都跟着我这么做，现在我已是他们模仿的对象了。我该如何摆脱他们呢？请告诉我一些方法吧！"

鸿蒙说道："混乱自然的常道；背逆万物的真性；未达自然的教化；群兽惊恐而奔散，夜鸟恐惧而飞鸣，草木昆虫均遭祸，这都是在位者造成的过失啊！"

云将惊恐地问："那么，我该怎么办呢？"

鸿蒙叫着说："回家吧！不要再问了！"

云将仍不死心地要求道："要碰到你实在不容易，还是请你告诉我一些意见吧！"

鸿蒙无奈，只得告诉他说："要自养己心。你只要无为，万物各会自生自化。如果再能忘掉形体，抛弃聪慧，那就可与自然混合为一了。把你有为的心解开吧！把你有知的灵释放吧！做一个无知无魂的人才是对的。

"万物纷纭，都不离生死的变化，最后还是复归本根而又不知其所以然的，才能终身不离本根，若是知道的话，便又离开本根了。不必问'它'的名称是什么，也不必追究'它'的实情，万物本来就是自然生长的。"

听完这番话，云将兴奋地说道："你不但告诉我德的力量，又昭示我沉默不言的道理，我寻求了好长的一段时间，今天总算得到了。"于是深深叩头，拜辞而去。

天地开始与回返大道（大顺）
《庄子》之《天地》

天地开始，有段时间是什么都不存在的，然后一些没有名字的东西渐渐出现。因而产生了"一"，但是没有形体。万物由此而生的称为"德"。这些东西虽然没有形体，却有阴阳之分，阴阳流通，称为"命"。阴阳动则物生，物之理一生成，就称为"形"。形体保护精神，使他们各有行动的自然法则便是"性"。

修养万物的本性回复到道德的范围，再将道德修养到极致，就和天地刚开始的时候一样了；和泰初相同就进入虚空的境界，那虚空的境界便是至大无涯的大道。……万物混合而无形，又无知无觉，就叫做"玄德"，和"大顺"的意思完全一致。

第十七章　太　上

太上，不知有之[13]；其次，亲而誉之；其次，畏之；其次，侮之。信不足焉，有不信焉。悠兮其贵言。功成事遂，百姓皆谓："我自然。"

【语译】

最上等的国君治理天下，居无为之事，行不言之教，使人民各顺其性，各安其生，所以人民不知有国君的存在；次一等的国君，以德教化民，以仁义治民，施恩于民，人民更亲近他，称颂他；再次一等的国君，以政教治民，以刑法威民，所以人民畏惧他；最末一等的国君，以权术愚弄人民，以诡诈欺骗人民，法令不行，人民轻侮他。这是什么缘故呢？因为这种国君本身诚信不足，人民当然不相信他。最上等的国君是悠闲无为的，他不轻易发号施令，然而人民都能各安其生，得到最大的益处。等到事情办好，大功告成，人民却不晓得这是国君的功劳，反而都说："我们原来就是这样的。"

老子在第十七、十八、十九等章内，慨叹大道剖析以后的不良现象。尤其第十七、十八两章，特别谈到天下之所以大乱，是教化的结果。这个思想给庄子制造了反对圣人之教的机会，尤其针对孔子"仁义礼乐"这方面，他毫不放松任何可以讽刺的良机。

这个思想的基本观点是：在人的本性尚未腐败时，他可以依道而行，且完全服从自己的本能。这时的善是无意识的善，一旦圣人的善恶，智慧之教，和政府的奖惩法则蔚成时，大道就开始废坠。以至于使人的本性由真善而伪善，由伪善而天下乱。

尧的老师
《庄子》之《徐无鬼》

啮缺碰到许由（啮缺的弟子，尧的老师），问他说："你要到什么地方去？"

许由答道："我要逃避尧。"

啮缺好奇地问："为什么？"

许由回答说："尧一天到晚行仁行义，看来没有多久他就要被天下所耻笑了，不但如此，后世的人大概也要互相残杀了呢！其实，百姓是很容易召集的，你只要爱他，他就亲近你；有利给他就归顺你；称赞他就努力得不得了，要是强迫他做他不愿做的事，可就要离散了。

"能够忘记仁义的人少，以仁义求利的人多。因此一旦有了仁义，虚伪也就随之而起。这种行为不但不诚实，反而供给贪求的人作为伪善的工具。一个人治理天下想整齐划一的话，首先受到伤害的就是百姓。尧只知道贤人有利天下，却不知道贤人有害天下啊！"

因为有了教化才产生大道颓废的理论，所以人们对尧的批评比他的继承人舜要好，对舜的批评又比禹要好。因此在庄子的作品中，尧被叙述为道废的开端（另有一说：在尧之前道就开始衰颓了）。

尧的天下
《庄子》之《天地》

尧治理天下，伯成子高立为诸侯。以后尧让天下给舜，舜又让给禹，而伯成子高便辞去了诸侯之职，回乡耕种。有一天，禹去看他，他正忙着田里的事。于是禹身居下手，站着问他说："从前尧治理天下，你贵为诸侯，后来尧让天下给舜，舜又让天下给我，而你却辞去诸侯回乡耕种。请问，这是什么原因？"

子高回答说："从前尧治理天下的时候，没有奖赏，百姓自然向善，不施刑罚，百姓自然避恶。现在你大行奖赏和刑罚，百姓不但不向善，反而愈来愈失本性。这是道德衰废，刑罚实施的先兆。看来天下要乱了。你还是走吧！不要耽误了我的农事。"说完再也不看禹，就自顾自地耕作起来。

道德的衰废
《庄子》之《缮性》

古代的人在天地初分之际，大家都能生活在一起，恬淡寂寞，没有作为。那个时候，阴阳之气和顺安静，鬼神都不会来干扰人类；四时的运行也合于节度，所以万物都不曾受到伤害，生物也没有死于非命。尽管人有智慧，他们却不知道如何使用；那真是"至一"的时代。人们按照自己的本性生活，没有受到一点外来的干扰。

后来道德渐衰。等到燧人、伏羲治理天下时，也只能做到顺人民的心意，而无法与万物混合为一。道德更衰了。等到神农、黄帝治天下时，只能安定天下，而不能顺从天下人的心意。

等到尧、舜君临天下时，便开始治理天下，教化万民，使淳厚的民风趋于淡薄，朴实的本性，日渐消灭，人们离开了道去求善，隐没了德去行事，然后再舍弃天性而顺从人心，道德就愈加衰微了。

人心彼此窥探，使得巧诈丛生，更无法来平定天下，于是他们再用世俗的礼义来修饰，以世俗的学问去求见识广博。但是礼义掩盖了实质，世俗的学问也淹溺了人们的心灵。

从那时起，百姓坠入迷惑昏乱的地步，再也无法使性情返璞归真。

老子和阳子居论明王

《庄子》之《应帝王》

阳子居对老子说："如果有个人做事敏捷，勇于决断，通达事理，勤于学道，那么他可以和明王相比了吧？"

老子说："那怎么能和明王比呢？这个人和会技艺的人被技能所累一样，只苦了自己的形体，乱了自己的心神。俗语说，虎豹因为身上有纹彩，以致指引了人来打猎；猴子因为身体活泼，狗因为会捕狐狸，所以被人拴起来以供玩赏使役。像这样的人怎么能和明王相比呢？"

阳子居皱了皱眉说："那么，请问明王是怎样治天下的？"

老子答道："明王治理天下：功业普及，不以为是自己的功劳，教化施及万物，使百姓产生不曾依靠他的感觉。虽然人们无法说出他的影响，但是每个人都喜欢和他在一起，万物都能各得其所，而他本人却处于神妙不可测的地位，游于虚无的境界中。"

第十八章　道　废

大道废，有仁义[14]；智慧出，有大伪；六亲不和有孝慈，国家昏乱有忠臣。

【语译】

大道废弃以后，才有仁义；随着智巧的出现，才产生诈伪；家庭不睦以后，才显出孝慈；国家昏乱以后，才产生忠臣。

大道废，仁义兴
《庄子》之《马蹄》

圣人一用心设仁爱的教化，创义理的法度，天下就开始大乱起来；一发明纵恣无度的音乐、繁杂的礼仪，天下就开始分裂。换句话说：完整的树木不去雕琢，怎么可能做出祭祀用的器皿？白玉不去凿毁，又怎能做出圭璋的玉器来？道德如果不曾废弃，何必要仁义的教化？

像曾参、史鳅性情若没有离开正道，要礼乐的制度做什么？五色要是不混乱，谁会去做花样？五音要是不混离，谁会来应和六律？由此可知，雕琢木材，损毁物的本性制作器皿，是工匠的罪过；而毁坏淳朴的道德以行仁义，就是圣人的罪过了。

虚伪的起源
《庄子》之《庚桑楚》、《人间世》、《外物》

本性的活动叫做"为"。若一个人的行为走错了方向，就丧失了大道。

处世若有了戒心，就容易作伪；若是无心而任其自然，就难作伪了。

宋国的演门，有一个居民死了双亲，由于哀伤过度而面容憔悴，形销骨立。宋君为表扬他的孝行，封他做官师。当地人听到这个消息，逢着他们的父母死了，都拼命地伤害自己的形体，结果大半都因此而死。

第十九章　知所属

绝圣弃智，民利百倍；绝仁弃义，民复孝慈；绝巧弃利，盗贼无有。此三者以为文，不足。故令有所属。见素[15]抱朴。少私寡欲[16]。

【语译】

聪明和智巧伤害自然，所以弃绝它人民反而得到百倍的益处；仁和义束缚天性，所以弃绝它人民反而能恢复孝慈的天性；机巧和货利能使人产生盗心，所以弃绝了它盗贼自然就绝迹。这三者都是巧饰的，不足以治理天下。所以要弃绝它们，而使人有所专属。这便是外在表现纯真，内在保持质朴，减少私心，降低欲望。

以下两篇精选包含了庄子怒斥教化的言辞，他特别引用了老子的两句话："绝学，弃智。"在第二篇精选中，虽然他的驳斥稍嫌夸张，但确实也包含了深邃的哲理。当这些哲理被文明生活的物质条件取代时，人类心灵平静的本质就已丧失。

本章第一篇精选是《庄子》外篇《胠箧》的精华，谈论的主题是"圣人生，大盗起"。第二精选则取自《在宥》。

《胠箧》(开箱)

《庄子》之《胠箧》

为防备开箱、探囊、倒柜的小偷偷窃，必定要将东西用绳子捆好，用锁锁好的人，便是世上所谓的聪明人。但是大盗来了，背着柜，提起箱，挑着行囊而逃，还唯恐你绳子捆得不紧，钥匙锁得不牢呢！这样看起来，所谓的聪明人不就替大盗做了预备工作吗？

姑且针对此事谈论一下：试看世上的聪明人有哪个不替大盗做铺路工作？有哪个圣人不替大盗看守的？何以见得呢？举个例子说吧！

从前齐国人口众多，城市相接，邻里相连，鸡和狗的叫声各地都可听到；捕鱼的范围和耕种的地区合起来不下两千余里；全国境内，凡是建立宗庙社稷，实施地方行政等事，无不以圣人的法则为主。

但是自从田成子杀了齐君夺得齐国 [17] 后，竟连齐国取法于圣人治理国家的法度也一并"偷窃"了。所以田成子虽名为盗贼，却能身居尧、舜的地位。当时小国不敢向他抗议，大国不敢对他讨伐，竟使他的子孙传到十二代 [18]，这不是以圣人之法，来保护盗贼的安全吗？

再进一步说吧！试看世上有哪个最聪明的人不替大盗积蓄货财？有哪个大圣人不为大盗防守赃物的？何以见得呢？

今且以龙逢被杀、比干被挖心、苌弘被破肠、伍子胥的尸体被投在江里任其腐烂等事来看，这四人是那么贤能，还不免被杀被弃，圣人法度的祸害也就可想见一斑了。

所以盗跖的徒弟问他说："强盗也有道吗？"

盗跖说："怎么会没有道？譬如：起意偷人家屋里的东西，先要推测里面的虚实，如果能算得准确，就是圣德；先进去就是勇；后出来就是义；知道见机行事就是智；分赃公平就是仁。没有这五种德行而能成为大盗的，可说是天下绝无仅有的事。"

这样看来，行善的人若未获圣人的道，就不能立身；盗贼没有圣人的道也无法行盗。但是由于天下的好人少、坏人多，所以也使得圣人之道为天下谋利的少，祸害天下的反而多了。因此有人说："把嘴唇掀起来，牙齿就觉得寒冷；鲁国的酒薄了，赵国的京城就被围[19]。"圣人和大盗原是彼此相连的。世人只要有圣人，便少不了大盗。

就因为这个缘故，所以要天下大治，必得打倒圣人，释放盗贼才行。这跟泉水干了，山谷才空虚，高山平了，深泽才能填平是一样的道理。只要圣人一死，大盗平息，天下方能太平无事。

如果圣人不死，大盗不能肃清，即使借重圣人治理天下，也不过是替盗贼增加利益罢了。这就好像有了斗斛来量米谷，就有利用斗斛来做诈伪的事；有了杆秤来称东西，就有利用杆秤来做欺骗的事；有了官印作为信物，就有假造官印图利的事；有了仁义来纠正人的行为，就有假借仁义来做虚伪的事。怎么会这样呢？

且看：那偷窃别人腰带钩子的小贼，捉到了就被杀死，而那偷窃君国的人反倒做了诸侯。并且在诸侯的府第内，歌功颂德之声不绝于耳，仁义之教频传，这不是假仁义来为非作歹吗？

这种放任大盗强夺诸侯的地位，和利用仁义、斗斛、秤锤、官印求取私利的事，虽有官方的重赏与酷刑，却都无法禁绝，这实在是圣人的过失啊！

因此有人说："鱼不可以离开深渊，国家的名器不可明告人。"[20]那些圣人，就是治理天下的利器，是绝不可公开让天下人知道的。

所以只有摒弃圣智，大盗方可肃清；摔毁珠玉，小盗才不会产生；烧毁印信，人民自会诚实；击破升斗，折断秤杆，百姓自不争执；毁尽天下圣人的法度，人民才有资格和在上的议论……废除六律，消绝竽瑟，塞住师旷的耳朵，而后天下人方能恢复真正的听觉。

若能毁去文章，舍弃五色，粘上离朱的眼睛，天下人才能恢复真正的视觉；毁坏钩子、绳索，弃去规矩，折断工倕的手指，而后天下人才有真正的巧艺，俗语说："大巧的人反似笨拙"[21]，就是这个道理。除去曾参、史鳅的忠信行为，封锁杨朱、墨翟的言论，抛弃仁义之说，而后天下人的道德才能和玄妙的大道[22]一致。

如果人人不自显他的视觉，天下就不会被"光芒的气焰"烧坏；人人不显露自己的听觉，天下就没有忧患；人人不显露自己的智慧，天下就不会惑乱；人人不显露自己的德行，天下就没有淫邪的行为。

师旷、工倕、离朱等人，都是标榜自己的德行以扰乱天下，于法来说，这是毫无用处可言的。

小心不要伤害到人的本心

《庄子》之《在宥》

崔瞿问老聃："如果天下不必治理，如何使人心向善呢？"

老子回答说："小心，不要伤害到人的本心就可以了。人心是很容易动摇的，不得志则居下，得志就在上位了，上下不已，因此自暴自弃，得不到丝毫的安适。

"温和的时候，柔弱的心可以制伏刚强；顺心时，人心热如焦火；失志时则又寒如冰雪。心情的变化快速无比，一眨眼的工夫，它可以越过四海之外。平稳的时候，像是寂静的深渊；心念突起，又像悬于天上一样。有如脱缰的野马无法控制的，恐怕就是人心了。"

　　从前，黄帝首先以仁义鼓舞人心，尧、舜竞相模仿，以至于瘦骨嶙峋，腿上无毛来求天下人形体的安适。他们苦心施行仁义和经营法度，却仍不能改变天下人的心志，作乱的人相继而起。由尧驱逐欢兜至崇山、放逐三苗于三峗、流放共工到幽都这些事看来就可明白了。

　　到了三代[23]，这种情形更为严重：一方面有夏桀的残暴，一方面有曾参、史鰌的德行，因而儒墨的学说纷纷而起。于是乎喜怒是非互相猜疑；愚者智者，互相欺侮；善恶互相攻讦；虚伪诚实，自相讥讽；天下的风气自此大坏。

　　由于道德的分裂，使得人们的生活散乱不堪；又由于好求无涯的知识，使得天下百姓智穷才尽，随之而来产生了斧铖刀锯的刑具，天下岂有不乱之理？这都是鼓动人心造成的祸患啊！

　　所以贤能的人隐居在高山深岩中，万乘的国君却坐在朝廷上恐惧忧虑。而今，儒墨之流看到死刑的尸体狼藉遍地；服刑役的相拥互挤；受刑劳的到处皆是，才开始奋力挽救当世的弊政。唉！他们也太不知耻了。

　　就因为我知道圣者是刑罚产生的根源，仁义是桎梏的凭借，相对也就知道曾参、史鰌的行为是夏桀依恃的准则了。所以："只有断绝圣贤，抛弃智慧，天下才可以得到太平。"

第二十章　人与我

绝学无忧。唯之与阿[24]，相去几何？善之与恶，相去若何？人之所畏，不可不畏。荒兮其未央哉！众人熙熙，如享太牢，如登春台，我独泊兮其未兆，如婴儿之未孩。儽儽兮，若无所归。众人皆有余，而我独若遗。我愚人之心也哉！沌沌兮！俗人昭昭，我独昏昏。俗人察察，我独闷闷。澹兮其若海，飂兮若无止。众人皆有以，而我独顽且鄙。我独异于人，而贵食母[25]。

【语译】

知识是一切忧愁烦恼的根源，弃绝一切知识，就不会再有忧愁烦恼。恭敬的应声"是"和愤怒的应声"哼"，相差究竟有多少？世人所说的"善"，和大家公认的"恶"，究竟相差在哪里？这没有一定的准则，不过我也不能独断专行，显露锋芒，遭人嫉妒。应该存着别人害怕我也害怕的心理。因为宇宙的道理本是广大无边的，很难完全显示给别人知道，最好的方法就是与人和光同尘，以减少自己的过错。

我的存心和世人大不相同。比方说：世人快快乐乐的样子，好像参加丰盛的筵席，又像在春天登台远眺。唯独我淡泊恬养，心中没有一点情欲，就像不知嬉笑的婴孩；又是那样的懒散，好像无家可归的游子似的。

世人自得自满，似乎有用不尽的才智和能力；唯有我好像匮乏不足的样子。我真是愚人的心肠啊！是那样的混沌。世人都光耀自炫，唯独我昏昏昧昧的样子，世人都清楚精明，唯独我无所识别的样子。我恬淡宁静，好像大海一样的寂寥广阔，我无系无絷，好像大风一样没有目的，没有归宿。世人好像皆有所用，皆有所为，唯独我愚钝而且鄙陋。世人都竞逐浮华，崇尚文饰，唯有我与众不同，见素抱朴。为什么我会这样呢？实在是因为我太看重内心的生活，抱住人生的本原，一心以得道为贵啊！

德人的举止

《庄子》之《天地》

德人是静居没有思念，行动没有忧虑，心中没有是非善恶观念的人。四海之内的人生活快乐，他就觉得高兴；人人富足，他才心安。悲伤的时候，他的样子看起来好似婴儿失掉了母亲；茫然的时候，又像是迷了路的羔羊。他的财富虽多，却不知从何而来；饮食丰足，也不知它们究竟来自何处。德人的行为就是如此。

世俗的人

《庄子》之《天地》

世俗认为对就以为是对，认为善就以为是善的人，便是谄媚的人。

如果你说他有道，他就流露出自满的神情；说他奉承人，就勃然大怒。不管他终生有道也好，终生奉迎也好，他们都会以夸饰的言辞彼此攻击，但是自始至终，他们都不知道自己所做的到底是何事。

他们穿着美服，整饰仪容以取悦世人，却不认为自己是谄媚；和世人混在一起，同声附和大众的言辞，却又不认为自己是俗人，真可说愚笨极了。

知道这是愚昧的，便非大愚；知道这是迷惑的，也并非大惑。真正的大惑，是终生不悟的人；真正的大愚，就是终生不智的人。如果有三个人一块走，其中只有一个人迷惑，还可到达目的地；两个人迷惑的话，是无论如何不能到达了，因为迷惑的人占了大多数啊！我虽有向道的诚心，无奈天下人迷惑的太多，这不是可悲的事吗？

伟大的乐章，无法进入世俗的耳朵，要是奏出《折杨》、《皇荂》这类的音乐，他们就会开心大笑起来。由此可知：清高的言论，打动不了世人的心扉；智慧的言辞，钻不进他们的脑海。实在是受了世俗浮词的影响，如今全天下的人都已迷惑，我再有向道之心，恐怕也难以达到目的。知道达不到而勉强去求是另一种迷惑，所以我也只好放弃求道的心愿。

但是我放弃了这个心愿，还有谁能与我同忧呢？一个有恶疾的人夜半生了儿子，赶快拿着火去看，唯恐儿子会像自己一样。我的心情也正是如此啊！

第二十一章　道的显现

　　孔德[26]之容，惟道是从。道之为物，惟恍惟惚。惚兮恍兮，其中有象；恍兮惚兮，其中有物。窈兮冥兮，其中有精。其精甚真，其中有信。自古及今，其名不去，以阅众甫。吾何以知众甫之状哉？以此[27]。

【语译】

　　大德之人，他一切言语举动的样态，都是随着道而转移。道是什么样子呢？道这样东西是恍恍惚惚的，说无又有，说实又虚，既看不清又摸不到。可是，在这恍惚之中，它又具备了宇宙的形象；在这恍惚之中，它又涵盖了天地万物。它是那么深远而幽昧，可是其中却具有一切生命物质的原理与原质。这原理与原质是非常的真实可信。从古迄今，道一直存在，它的名字永远不能消去，依据它才能认识万物的本始，因它一直在从事创造万物的活动。我怎样知道万物本始的情形呢？就是从"道"认识的！

天无为才能够清澈
《庄子》之《至乐》

　　天因为没有作为，所以清澈；地因为没有作为，所以安宁；天地无为的相合，才变化生成了万物。这些万物，恍惚中不知从何而来，也没有造型可求，只知它们是"无为"所生。所以说："天地无心作，却又没有一样东西不是它们所作。"那么，人应如何仿效此例而"无为"呢？

至道的精气
《庄子》之《在宥》

　　至道的精气，幽远而不可穷究；至道的极境，细微而无法看见。

道之德
《庄子》之《天地》

　　道，是真实而存在的，是清静而无为的。它可以传授，却不一定被领受；可以体会，却不能看见；它是一切事物的根本，在未有天地以前，就已存在；它生出了鬼神和上帝，生出了大地和上天。

　　道，在阴阳未分之前便已存在，可是并不算高远；超出天地四方的空间，也不会很深邃；比天地先生，却不算长久；比上古的年岁大，可也并不算年老。

第二十二章　争之无益

　　曲则全，枉则直，洼则盈，敝则新，少则得，多则惑。是以圣人抱一[28]为天下式。不自见，故明[29]；不自是，故彰；不自伐，故有功；不自矜，故长。夫唯不争，故天下莫能与之争。古之所谓曲则全者，岂虚言哉！诚全而归之。

【语译】

　　委曲反而可以保全，弯曲反而能够伸直，低下反而可以充盈得益，破旧反而可以生新，少取反而可以多得，若是贪多反而弄得迷惑。所以圣人紧守着"道"作为天下事理的范式。不自我表扬，反而能够显明；不自以为是，反而能够彰显；不自己夸耀，反而能够见功；不自我矜持，反而能够长久。这都是不和人争反而能显现自己的结果。正因为不与人争，所以全天下没有人能和他争，这样反而成全了他的伟大。古人所说的"曲就是全"等语，难道还会虚假？能够做到这些，道亦会归向他了。

读者将在第二十二、二十四章内，看到老子的反面论。有关复归为始的循环说，也将迅速展现在各位的眼前，老子把这个思想分散在第二十五和第四十章内叙述。

老子提到的反论有无用之有用、曲全、不争等，他最终的目的还是在保全人的生命及德行。庄子序文并将"曲则全"列为最有代表性的老子思想。

"无用"之有用
《庄子》之《人间世》

山木做成斧柄反倒转来砍伐自己；油膏引燃了火，结果反将自己烧干；桂树可以吃，所以遭人砍伐；漆树的汁液可以用，所以被人割取。世人只晓得有用的用处，却不知道无用的用处。

庄子利用整章来研究残缺的用处。他以浪漫主义者的手法，举出身体的残缺和内在精神之完美彼此的关系。

形体不全的疏
《庄子》之《人间世》、《德充符》

有一个形体不全的人，名叫疏。他的头缩在肚脐底下，双肩高出头顶，颈项后的发髻朝天，五脏的脉管突出到了背脊，两股和两肋几乎是平行的。

他替人缝洗衣服，便可养活自己；替人家卜卦算命，就可以养活十口人。政府征兵时，他可大摇大摆在征兵场闲逛；政府募人做工时，他也不受征召；政府救济病人时，他可以领到三钟米和十捆柴。像他这样的人，尚且能够保养自己的身体，享尽天赋的寿命，何况那德行朴实，不合世用的人呢！

有个拐脚、驼背、无唇的人，去游说卫灵公，卫灵公很喜欢他，看看形体完全的人，反而觉得他们的背部太平。有一个颈上生大瘤的人，去游说齐桓公。齐桓公因为喜欢他，反觉得那些身体完整的人颈子太细了。

所以一个人只是有过人的德行，身体上的残缺很快就会被人遗忘。如果人们不忘记所应当忘记的形体，反把不应当忘记的德行忘记，那才叫做真正的"忘"呢！

因此游于道中的圣人，晓得机智是思虑的萌芽，礼义是束缚人的胶漆；道德是交接的工具，技巧是通商谋利的手段。他既无心图谋，何用机智？不求雕琢，何用约束？没有丧失，何用道德？不求货利，何用通商？

这四者，就是天养。所谓"天养"乃是"禀受天然之理"的意思。既然受天然之理，又哪里用得着人为？圣人有人的形体，而没有人的感情。有人的形体，所以能和人相处；没有人的感情，所以没有是非观念。和人同类的是渺小，和天相合的才是伟大啊！

无用的树
《庄子》之《人间世》

有一个名叫石的木匠到齐国，经过曲辕，看见一株祭土地神的栎树。这棵树大极了！树荫下可以卧牛千只，树干的圆径有百围，干身像山那么高，直到八丈以上才有树枝；可以用为造船的材料，就有几枝。看的人多极了，而木匠却看都不看，就走了过去。他的徒弟饱看一番后，追上木匠问道："自从我拿斧头跟随先生学艺以来，从未见过这么好的木材。可是先生却看都不看一眼就走了，这是什么道理？"

木匠说："算了吧！别提了，它只是株没有用的散木而已。拿来做船，就要沉；用做棺材，腐败得快；用做器具，又不结实；用做门窗，会流汁液；用做屋柱又会生蛀虫，简直是毫无用处可言。就因为它没有用处，所以才这么长寿。"

木匠回家后，夜里梦到栎树对他说："你打算把我比做什么？有用的大树吗？你且看那桃、梨、橘、柚、瓜果之类的树，果实一成熟，不是被敲就是被打，弄得大枝折、小枝扭，以致半途枯萎，这就是为何它们不能长寿的原因。说来说去，还是它们自己招来的祸患。

"一切有用的东西都是如此。我曾利用不少时间找寻一条对人没有用处的路，好几次差点死于非命，现在总算找到了。对我来说这条路就是最有用的路。假如我对人有用，怎能活到这么大的岁数？再说，你我都是物，为什么彼此要互相利用？你这快死的无用人啊！哪里知道无用树木的本意？"

木匠醒来，把梦中的经过告诉了他的徒弟。徒弟听后，说道："它既然渴求无用，为什么又要充当社树呢？"

木匠回答说："别做声！它是特地托身在神社，任人讥评的，这样才能显出它的无用。它如果不做社树，不是还会被人砍了做柴烧吗？它保全自己的方法与众不同，不是一般常理可以解释的。"

南伯子綦到商丘这地方游玩，看见一棵大树，与众不同。假使有一千辆的四马大车在此乘凉的话，都可停在它的树荫里。

子綦惊奇地说道："这是什么树啊？它一定比普通的树要好。"于是抬头看看细枝，大都弯弯曲曲不能做栋梁；低头看看树干，又盘结松散不能做棺木，舐舐它的叶子，唇舌立刻受伤腐烂；嗅嗅它的气味，居然能让人昏睡三天不醒。

于是子綦恍然说道："这真是无用的树木啊！难怪它能长得这般大了。神人不也是应用这个方法来保全它的天真吗？"

宋国有一个地方叫做荆氏的，最适宜种楸、柏和桑这种树木，长到一握粗的，就被砍去做猴子的笼子；两三围粗的，就被砍去造屋梁；七八围粗的，就被富人取去做棺木了。所以还没等到寿命终了，就半途丧命在斧头的刀口下。这就是木材有用的害处。

自古以来，凡是白额头的牛、高鼻子的猪、生痔疮的人，都不会去祭祀河神。掌祭祀的认为它们是不吉祥的东西，所以不曾取用过。但是所谓的不祥，正是神人以为最吉祥的。

随俗
《庄子》之《外物》

尊重古代，鄙视现代，是一般世俗学者的行为。如果以豨韦氏的眼光来看当今之世，有哪一个不是随波逐流的？唯有至德的人能够和世俗混合，而不流于邪途；依顺世人，而不失去自我。

第二十三章　同于道

　　希言自然。故飘风不终朝，骤雨不终日。孰为此者？天地。天地尚不能久，而况于人乎[30]？故从事于道者，同于道；德者，同于德；失者，同于失。同于道者，道亦乐得之；同于德者，德亦乐得之；同于失者，失亦乐得之。信不足焉，有不信焉。

【语译】

　　无言才能合于自然的道体。所以狂风刮不了一清晨，暴雨下不了一整天，兴起风雨的天地，尚且不能持久，何况渺小的人类呢？

　　凡人立身处世，应以自然的道体为法，是的应该还他一个是，非的应该还他一个非。所以从事于道的就同于道；从事于德的就同于德；表现于不道不德的，行为就是暴戾恣肆。

　　因此，得到道的，道也乐于得到他；得到德的，德也乐于得到他；同于失道失德的，就会得到失败失德的结果。为政者的诚信不足，人民自然不会信任他。

暴风是大地的音乐
《庄子》之《齐物论》

　　子綦说："大地吐出一种气息，它的名字叫做风。这风不吹则罢，只要它一发作，大地所有的洞穴都会怒吼起来。你没有听过刮风的声音吗？

　　"那高低不平的山陵，森林大树的孔穴，有的像鼻子，有的像嘴巴；有的像耳朵，有的像鼻孔；有的像瓶罂，有的像杯盂；有的像春臼，有的像深池和浅穴。

　　"当风吹起的时候，它们就发出各式各样的声音：有的像水浪冲击，有的像箭离弓弦，有的像怒叱，有的像吸气，有的像呐喊，有的像号哭，有的像欢笑，有的像哀叹。有的重，有的轻，轻重相合，莫不和谐；起小风则小和，起大风则大和。等到大风一停，所有的声音也就化为无形。你不曾见过大风过后，只有树枝飘动摇摆的情形吗？"

　　第二十二、二十三、二十四等章，乃针对自傲、自夸提出了一连串的警告。

第二十四章　余食赘形

企者不立，跨者不行，自见者不明，自是者不彰，
自伐者无功，自矜者不长。其于道也，曰：余食赘形。
物或恶之，故有道者不处。

【语译】

凡踮起脚跟想要出人头地的，反站立不稳；凡跨
着大步想要走得快的，反走不了多远；自己好表现的，
反不能显达；自以为是的，反不能昭著；自我炫耀的，
反而不能见功；自我矜持的，反不能长久。

从道的观点来看，这些急躁的行为，简直是剩饭
赘瘤，连物类都讨厌，何况万物之灵？所以有道的人，
决不如此炫夸争胜。

对自夸的忠告

《庄子》之《庚桑楚》、《山水》

志在财货的，是商人的行为，人们看他大步而行，

就称他为领袖，但都不愿与他为伍，而他反以为这是殊荣。

恶行有五种，其中尤以心恶最坏，什么叫心恶呢？心恶就是自满。

双妾

《庄子》之《山木》

阳子到宋国，住在旅馆里。旅馆主人有两个妻妾：一个美丽，一个丑陋。但是丑陋的受人尊敬，美丽的反而受人鄙视。阳子问是什么缘故？旅馆小童回答说："那美丽的自以为美丽，因此大家就不以她为美；那丑陋的自谦丑陋，大家反而不认为她丑陋了。"

自显不是显："好"的定义

《庄子》之《骈拇》

如果一个人改变本性去顺从仁义，即使能修养到曾参、史𬭤那般有行，也不能算做好；改变本性去品尝五味，即使识味能像俞儿那样高明，也不能算做好；改变本性去辨别五音，即使辨音能像师旷那样敏锐，也不能算做好；改变本性去区别五色，即使视觉能像离朱那样锐利，也并不能算做好。

我所说的"好"：不是外在的仁义，而是内在的自得；不是一般人所讲的口味，而是本性的达成；不是能听到什么，而是出于自然的听觉；不是能看到什么，而是出于自然的视觉。

假如不是出于自然的视觉，而是想看到什么，不是求自得而是想得到什么；这是舍己救人，使别人得，而不能找到自己的得，使他人安逸而自己无法安逸。

要是只使别人安逸，而自己得不到安逸，那盗跖和伯夷的行为同样是过于乖僻了。我自愧没有这种道德的修养，所以既不敢营求仁义的德操，也不敢做过分乖僻的行为。

自夸的不会成功
《庄子》之《山木》

孔子被围困于陈、蔡之间，连着七天没有起火烧饭。太公任去安慰他说："你几乎丧失了性命。"

孔子说："是啊！"

太公任又问："你憎恨死亡吗？"

孔子回答："是的。"

太公任说道："我告诉你'避死'的方法。东海有只鸟，名叫意怠。这只鸟飞行得极慢，一副毫无本事的样子。飞行的时候一定要别的鸟引导，栖息时又必定要栖在群鸟的中间。它前进时不领先；退却时不居后；吃东西的时候从来不先尝，只吃别的鸟吃剩的东西。所以在鸟群中不会被排斥，外人也伤不了它，因此能够避免祸害。

"大凡直的树木，会先被砍伐；甘甜的井水，会先被用尽。现在到处卖弄聪明来惊吓世俗的愚人，修养自己的行为来显明别人的污浊；你这样自炫才能，就好像挑着太阳和月亮在游行一般，怎能避祸呢？

"我曾听老子说过：'自夸才能的不会成功，功成不退的就会失败，名声显赫的就会受侮辱。'有谁能除去求功求名的心，而回复和常人一样呢？

"大道流行天下，而不自居有道；大德流行天下，也不自居有德。如果你能淳朴无华，与物混同，像是愚昧无知；削除圣迹，捐弃权势，不求功名，做到我不求人、人不求我的地步，又怎会招致这样的祸患？

要知道，至德之人是从不求声名的。"

　　有关孔子"卖弄"的趣闻，在第二十九章之二另有说明。

第二十五章　四大法

　　有物混成，先天地生。寂兮寥兮，独立而不改，周行而不殆，可以为天下母。吾不知其名，字之曰道，强为之名曰大。大曰逝，逝曰远，远曰反。故道大，天大，地大，王亦大[31]。域中有四大，而人居其一焉。人法地，地法天，天法道，道法自然[32]。

【语译】

　　在天地存在以前，就有一个东西浑然而成。它无形、无体、无声；既看不见，又听不到，摸不着。它不生不灭，独立长存，而永不改变；周行天下，不觉倦怠，而无所不在。世上一切的事物，莫不靠它才能生生不息，它可说是万物的母亲了。

　　这样玄妙的东西，我实在不知道它的名字是什么，不得已，只好叫它做"道"。如果要勉强给它起个名字的话，也只能称它为"大"。大到没有极限，便不会消逝；没有消逝，才称得起远；虽然远，却仍能自远而返。

所以说，道是最大的；其次是天；再则为地；次则为王。宇宙中的四大，王也是其中之一。但这四大显然是各有范围，各有差等。人为地所承载，所以人当效法"地"；地为天所覆盖，所以地当效法"天"；天为道所包含，所以天当效法"道"；道以自然为归，所以道当效法"自然"。

本章把道及天体的运行看做一种值得为人模仿的典范，并重申道是不能名的，如果勉强给它安个名字，也纯粹是应急的措施。同时，本章更强调以同样的程序、不同的方式来创造万物、毁灭万物的"复归为始"说。

宇宙的神秘
《庄子》之《天运》

天是自然运转的吗？地是自然静止的吗？日月是争逐循环的吗？是谁主宰它们的？是谁掌握那法则的？又是谁来日夜推动的呢？是由于机关的操纵？还是真有自然的运行？布云是为了下雨，下雨是为了布云，那么又是谁降施云雨？是谁无事竟以此寻乐呢？

风起自北方，它的行止忽东忽西，忽上忽下，是谁没事煽动它这么做的？

庄子并没有直接回答这个问题。但是在后面几段，他以"天乐"的描述法，谈到自然的运行，"听之不闻其声，视之不见其形，充满天地，包裹六极。汝欲听之，而无接焉。"请再看一看第六章之一："天地有大美而不言。"

"如果没有至道，天就不能高大，地就不能广博，日月也不能运行，万物更无法壮大。"

"道比天地先生，却不算长久；比上古的年岁大，可也并不算年老。"

道名为"大"：不朽的循环
《庄子》之《则阳》

少知说："那么称它为道，可以吗？"

太公调回答道："不行。我们所说的'万物'，并不是只限于一万种的物类，而是因为它'多'，所以才这么称呼它。称呼天地，是由于它们乃形体中最大的。称呼阴阳，是因为它们乃气体中最大的。总括天地阴阳就称为道。称它道，就是因为它大。如果拿这个有了名字的道和无名的理来区别，那就好像狗马一样，完全是两回事了。"

少知又问："万物是如何从四方的里面、大地的中间产生出来的呢？"

太公调回答说："阴阳之气，互相感应，相消相长；四时的循环，相生相杀。于是产生了欲、恶、去、就。然后雌雄相交，便产生万物。万物的安危是互易的；祸福是相生的；生聚死散，也都是息息相关的。它们不但有名字，有实体，而且还可记载下来。

"至于那四时的变化、五行的运转，物极必反，终则复始等现象，都是万物具有的本质。而那些能用言语和智慧表达出来的，只不过是万物的表面现象而已。

"观察大道运行的人，既不追求物的终止，也不推究物的起源，这就是言论所以止息的原因。"

周、遍、咸

《庄子》之《知北游》

　　周、遍、咸三个字，名称不同，实质却一样，它们曾游于什么都没有的地方。但是，它们可曾无休止地争论？可曾清静无为以至心灵调和安适？可曾和平相处度过沉闷的岁月？

　　调和安适是我的心志。它来时不知停留何方，去时又不知何往。我的心意往来其间，也丝毫不知它终始的情形，仿佛处于广大虚无的境地，而这个境界即使圣人走入，也不会知道它的穷尽。

　　主宰物的和物没有界限，但是物与物的本身却有界限，这就是所谓的"物的界限"。如果把没有界限的道，寄托在有界限的物中，道仍旧是没有限制的。譬如充盈和空虚、衰退和腐败：道虽寄托在充盈和空虚中，但它并不充盈和空虚；虽寄托在衰退和腐败中，也并不会衰退和腐败。

　　道可说是开始和终结，但却不是开始和终结的本身；它也是物的积聚和消散，可又不是积聚和消散本身。

【注释】

---

[1] 耶稣会会员认为这三个字的发音与希伯来的"耶和华"极为相似。

[2] 纪，乃"传统的主体"、"组织"、"纪律"之意。

[3] 另有古本作"士"解。

[4] 敦，如硬器之"厚"，与人的淳朴有关。其反义字"薄"，代表的则是狡猾、老到和诡辩。

[5] 朴，最重要的道家思想，有未雕、未饰、自然的善、诚实等意。一般均解作心灵的纯洁与朴实。

[6] 浑：混沌的意思。正因为混沌，所以能"逍游自在"、"不特别"。道家智言：大智若愚。

[7] 自满，自夸。

[8] 常：不变的意思，乃万物生存及腐朽之法则，亦可解释为"一般自然的法则"或"人类的内在法则"；二者也可合二为一。

[9] 全：周遍的意思。

[10] 天：自然的意思。

[11] 指阴、阳、风、雨、晦、明。

[12] 鸿蒙在此被称做"天"。

[13] 有些古本为："天不知有之。"

[14] 儒家的主要学说。通常解释为"博爱"和"公正"。

[15] 素：没有经过修饰的天生本质。在本来的"素丝背景"后加上彩色画面，就叫"揭露"或"领悟"。

[16] 这两句为道家的实际学说。

[17] 公元前 481 年。

[18] 在这儿的"时代"稍微有点出入。因为庄子只见到田成子第九代。"十二"必是近代作家安插进去的。

[19] 鲁、赵两国都献酒给楚王。楚国的酒吏借"赵酒薄，鲁酒厚"（酒吏私下将两国的酒交换）之名，奏请楚王。楚王而围困邯郸。

[20] 请参阅第三十六章。

[21] 请参阅第四十五章。

[22] 玄同。请参看第五十六章。

[23] 三代：夏、商、周（前 2205—前 222 年）。

[24] "阿"本是不赞成的声音。

[25] 想象婴儿之得母，正如人从自然之母得道一般。

[26] 德为道的表现，也是道德的原则。

[27] 以形表现。

[28] 一：万物均归于一。

[29] 明有两个意思：一为清楚（明亮、纯正）；一为明朗（聪明、敏锐）。

[30] 这段若与下章前两句"企者不立，跨者不行"对照着看，其意将更为明显。

[31] 另有古本以"人"代替"王"。

[32] 自然，按字面的意思是"自我如此"或"自我形成"。

第四篇

力量的源泉

重为轻根，静为躁君。是以圣人终日行不离辎重。虽有荣观，燕处超然。

第二十六章　轻与重

重[1]为轻根，静为躁君。是以圣人终日行不离辎重[2]。虽有荣观，燕处超然。奈何万乘之主，而以身轻天下[3]？轻则失根，躁则失君。

【语译】

稳重为轻浮的根本，清静为躁动的主帅。所以圣人的行动，总是持重守静；虽有荣誉，也是处之泰然，超脱于物外。一个万乘之国的君主，怎么可以轻浮躁动来治理天下呢？因为他们不能以重御轻，以静制动的缘故啊！要知道，轻浮便失去根本，躁动就失去主帅的地位。

不从事俗务
《庄子》之《齐物论》

瞿鹊子问长梧子说："我曾经听孔夫子说过：圣人不为俗事，不贪避祸，不妄求拘泥，言谈若有若无，所以能游于尘世之外……这些都是漫无边际的狂话。不过，我却认为这里面含有妙理。"

放纵形体的本性

《庄子》之《徐无鬼》

有智谋的人，要是没有碰到思虑的机会，就不高兴；好辩论的人，要是没有碰到辩说的机会，就不快乐；有能力的人，要是没有碰到困难的事，心情就不会爽快。这都是受了外物影响的缘故。

爱国的人想要振兴朝廷，知识分子渴求荣耀，有巧艺的人想要显示自己的妙技，勇敢的人渴望献身患难，拿兵器的人喜欢战争，退休的学者爱慕虚名，通晓法律的人研究政治，守礼教的人修饰仪容，行仁义的人广谈社交，农夫没有耕耘的事就不快乐，商人没有买卖的事就不高兴。

百姓早晚工作就会勤奋，工匠拿着工具操作就气盛，贪心的人不能积财就忧愁，自夸的人得不到权势便悲伤。这些惹是生非的人大都喜欢变乱，因为只有在乱世，他们才有被用的可能。他们终身固守一事而不知变易，放纵本性而沉迷于物，实在可悲啊！

请参考第八章之一："平者，水停之盛也。"

第二十七章　袭　明

　　善行无辙迹，善言无瑕谪，善数不用筹策，善闭无关楗而不可开，善结无绳约而不可解。是以圣人常善救人，故无弃人；常善救物，故无弃物[4]。是谓袭[5]明。故善人者，不善人之师；不善人者，善人之资[6]。不贵其师，不爱其资；不爱其资，虽智大迷。是谓要妙。

【语译】

　　善于处事的人，顺自然而行而不留一点痕迹。善于说话的人，能够沉默寡言而一点不会过火。善于计算的人，应世接物，"无心"、"无智"，所以不用筹策。善于笼络群众的人，推诚相与，纵使不用门户拘限，群众也不会背离。善于结纳人心的人，谦冲自牧，纵使不用绳索来捆缚，别人也不会离去。

　　因此，体道的圣人，善于使人尽其才，没有废弃的人；善于使物尽其用，没有废弃的物。这就叫做"袭明"。因此，善人可以做不善人的老师，不善人可以做善人的借镜。不尊重他的老师，不珍视他的借镜，虽然自以为聪明，其实是大糊涂。这个道理，真是精微玄奥之至，只有懂得"袭明"的人，才能知道。

老子和庄子一样，虽然神秘，却不滥用形而上学的术语，仅以"善行无辙迹"等言辞，提到不用外力解决问题的方法，和达到和谐的途径。

庄子在谈论守"和"之无用（第十九章之一）和怀疑弥漫的裁军会议之无用（第三十一章之一）时，特别将"以外力解决问题的方法"之无益表明得极为清楚。

和平、秩序、幸福是看不见的东西，自然不能以可见的方法去得到它。

圣人不弃人
《庄子》之《德充符》

鲁国有个断了脚的人，名叫叔山无趾（因为没有脚趾，所以号无趾），用脚后跟走路去见孔子。孔子却说："你不知道谨慎，所以才犯了罪，现在既已残废，找我又有何用？"

无趾回答："我只因不明事理，触犯刑罚，才丧失了脚。到你这儿来的缘故，是我想保全比脚还要贵重的东西。天地对于万物，是无所不包的，我原以为你是天地，哪晓得你也不过如此而已。"

孔子急忙说道："请原谅我见识浅薄，先生何不进来？我定将我所知的告诉你。"无趾毫不理会，转身就走。

无趾走后，孔子便对他的弟子说："你们应以此为镜，相互勉励。一个断了脚趾的人，还想用求学来弥补以前的过失，何况没有恶行的全德君子呢？"

后来，无趾对老聃说："孔子还不算是至人吧！不然他为什么还要向你求教呢？而且，他还以'奇异怪诞'之名传闻天下，殊不知这正是至人眼中的'束缚'。"

老聃答道："你何不以'死生贯通，是非为一'的理论，解其缚呢？"

无趾不以为然说："这是天地给他的刑罚，怎么解得了？"

申徒嘉是一个被断去脚的人，和郑国子产 [7] 同是伯昏无人的弟子。子产觉得和申徒嘉一同出入是很可耻的事，所以便对申徒嘉说："我如果先出去，你就停一会儿再出来，要是你先出去，我就停一会儿再出去。"

第二天，申徒嘉又和子产同席而坐。临去时，子产对申徒嘉说："昨天说过，要是我先出去，你就待会儿出去；你若出去，我就停会儿出去。现在我要走了，你可以稍停一会儿吗？看你一副不尊不敬的样子，敢情是想和我这个大臣一决高下？"

申徒嘉说道："在先生这里，早有了最高的爵位，那就是先生本人。你以为你的官职高，别人就该听你的？事实上你的德就不如人了。我曾听说过：镜子明亮，上面就没有灰尘；有了灰尘，就不尽光亮了。常和贤人在一起的便没有过失。而你在此求学求识，不但不尊崇先生，反说出这样的话来，不嫌过分了吗？"

子产反击道："你已成了残废，还想和尧一般有德的人争辩，未免太不自量力了。也不想想平日的言行，要不是有了过错，怎会残废，难道这还不够你自己反省的？"

申徒嘉说道："自己承认过错，以为不当砍腿的人很多，自己默认过失，以为应当砍腿的人却很少。只有有德的人才能了解世事不可勉强，因而安心顺命，不轻举妄动。譬如：走进后羿的射程，被射中是必然的，没有射中，那就是天意了。

"曾有许多四肢健全的人讥笑我，为此我不知道生过多少气。自从进入先生的门下，所有的怒气便完全化消了，这实在是先生引导的结果。

"我和先生相处十九年，先生从来不知我是断了一只脚的人。现在我和你以德交友，而你却以形体上的缺陷对我苛求，未免太过分了吧！"

子产听后，心里很是不安，立刻除去骄慢的态度，惭愧地说："请别再说了，我已知错。"

第二十八章　守其雌

知其雄，守其雌，为天下溪[8]。为天下溪，常德[9]不离，复归于婴儿。知其白，守其黑，为天下式。为天下式，常德不忒，复归于无极。知其荣，守其辱，为天下谷。为天下谷，常德乃足，复归于朴。朴散则为器，圣人用之，则为官长。故大制不割。

【语译】

知道雄的道理，却不与人争雄，反甘心守雌的一方，犹如天下的溪壑，必然众流归注，得到天下人的归服。既能得天下人的归服，他所禀受的道，自然也不会离散。不但如此，他更能回返原有的赤子之心，以达纯真的境界。

知道光明的一面，却不与人争光明，而甘居黑暗，才能为天下作法则。既能为天下人的典范，德行自无错失。不但如此，他更可归于无极，而回返道体。

知道光荣的一面，却不与人争光荣，而甘居耻辱，才可得天下人的归服。能使天下人归服，德行才算充足。不但如此，他更可返归为朴，与道体合而为一。

但是，万物变化不息，这种状态并不能长保，终有朴散为器的时候，而体道的圣人，仍能以浑朴的原则，来设官分制，做到"无为而治"。所以说：善治国家的人，不割裂事理，仅使万物各遂其性而已。

谈完整章，便知第四篇讨论的重点是在"人类天性的起源"。特别在本章和第三十二、第三十七章内，有极为详尽的描述。

庄子在《马蹄篇》中，借儒家对自然的伤害，与驯马师对马的伤害为例，慨谈保持人类原始天性的重要性。而老子也以"复归"、"朴"及"不割"等言辞，有力地表达了这个思想。

庄子序文中提到的"知其雄，守其雌，为天下溪"，是老子的基本学说。

驯马师伯乐
《庄子》之《马蹄》

马，蹄可以践踏霜雪，毛可以抵御风寒，饿了就吃草，渴了就喝水，高兴时便举足而跳，这才是马的本性，什么高台大屋对它来说，简直一无是处。

但是，自从伯乐（驯马师）出现，大放"我精于养马"的狂言后，马的命运便改变了。他剪它的毛，削它的蹄，把铁烧红，在它身上烙印，用头勒和脚绊约束它，用马槽马枥安置它，就这样而死的马十有二三。

再加上饮食不足，奔驰过度，前有嘴勒为累，后有鞭策威胁，马便死了大半。

陶工说："我会捏黏土，能使它圆的像规画出来的，方的像矩画出来的。"木匠说："我会削木材，能使它像钩一样弯，像拉紧的绳一样直。"这么说来，黏土木材的本性就是要合乎规、矩、钩、绳吗？后代的人不断夸说：伯乐精于养马，陶工、木匠精于黏土和树木。这并不表示他们深知物性，相反的，他们在损伤物性啊！反观治理天下的人，他们又何尝不是犯了同样的过失？

我以为，真会治理天下的人，他的行为绝不如此。百姓各具其性，譬如，织布而衣，耕田而食，这是他们的通性。这些本性浑然一体，毫无偏私，所以又称做顺应自然，放任无为的"天放"。真能治理天下的人，也就是让百姓自由发展本性的人。

因此，在盛德的时代，人民的行动稳重，举止端庄。那个时候，人们安居家中，不嗜外求，所以山上不辟小路，河里没有船只和桥梁，万物齐生，各不相犯，只和自己的邻居交往；禽兽众多，草木茂盛，而人不但没有害兽心，反而可以牵着禽兽到处游玩，也可爬到树上观看鸟鹊的巢穴。

在盛德的时代，人类和禽兽同住在一起，和万物共集聚于一堂，不知道什么君子和小人的分别。由于他们全部无知，所以保有了自己的本性；全部无欲，所以纯真无伪而朴实。能够朴实，人们才不会丧失本性。

但是，当圣人用心设仁爱的教化，用力创义理的法度时，天下就开始大乱起来，当他们发明放纵无度的音乐，制造烦琐的礼仪时，天下也就紧跟着分裂。

所以，完整的树木如不凋残，怎么能做出酒杯，白玉如不凿毁，怎么会有玉器？道德若不曾废弃，要仁义的教化有什么用？性情若不曾离开正道，要礼乐的制度又有何用？五色要是不混乱，谁去做文采？五声若是不混杂，谁来和六律？因此，损伤物的本性，制作器皿，是工匠的罪过；至于毁损道德，制作仁义，可就是圣人的罪过了。

知道就是离道——第十六章之三。

返璞归真

《庄子》之《秋水》

河伯问道："什么叫做天然？什么又叫人为呢？"

北海若回答："牛马生来有四只脚，就叫天然；若用缰绳络马头，环子穿牛鼻，就叫人为。所以说，如果能谨守不用人为毁灭人性，不因事故摧残性命，不为声名毁坏德行这些道理的话，也就可以返璞归真了。"

第二十九章　戒干涉

将欲取天下而为之，吾见其不得已。天下神器，不可为也，不可执也。为者败之，执者失之。夫物或行或随，或嘘或吹[10]，或强或羸，或载或隳。是以圣人去甚，去奢，去泰。

【语译】

治天下应该本乎无为。治理天下的人，我看是办不到的。天下本是一种神圣的东西，不能出于强力，不能加以把持。出于强力的，必会失败；想要加以把持的，最后也终必失去。

世人秉性不一，有的前行（积极），有的后随（消极）；有的嘘寒，有的吹暖；有的刚强，有的羸弱；有的安宁，有的危殆。人如何能有所作为？

因此，体道的圣人有见于此，凡事都循人情，依物势，以自然无为而治，除去一切极端过分的措施。

老子在第二十九、三十、三十一章内，把目标指向"人们忘记不争，因此导致战争的发生"这个问题。同时，他还进一步发表了一些至理名言。

有土地就有大物
《庄子》之《在宥》

拥有上地的，就可称为有"大物"了。有大物的人，应该使物自得，却不可为物所用，能不为物所用；便可统治万物。了解统治万物不是为物所用的人，岂只能统治天下百姓？他还可出入天地四方，遨游九州之外，与造化混合，行止无拘无束，这叫做"独有"，这种人乃是世间最有修养的人。

关于孔子改正自己的欲望来显耀自己见识的趣闻，在第二十四章之三已谈过两则。下面为另一则。

孔子的趣闻
《庄子》之《外物》

老莱子[11]的学生外出砍柴，遇见了孔子，回来告诉老莱子说："我遇到一个人，上身长下身短，背有点驼，耳朵紧靠颈部，眼光高远，一副想掌管天下的模样，不知道他是什么人？"

老莱子说："这一定是孔丘，你去叫他来。"

孔子一到，老莱子就对他说："丘啊！只要改变你的骄傲外貌，抛弃你的智慧，就可成为君子了。"

第三十章　戒用兵

以道佐人主者，不以兵[12]强天下。其事好还。师之所处，荆棘生焉。大军之后，必有凶年。善者果而已，不敢以取强。果而勿矜，果而勿伐，果而勿骄；果而不得已，果而勿强。物壮则老，是谓不道，不道早已。

【语译】

用道辅佐国君的人，是不会用兵力逞强于天下的，因为以力服人，人必不服，待有机可乘，还是会遭到报复的。试看军队所到之处，耕稼废弛，荆棘丛生。每次大战后，不是因尸体传染疾病，就是缺乏粮食造成荒年。

因此，善于用兵的，只求达到救济危难的目的就算了，决不敢用来逞强黩武，只求达到目的，就不会矜持、不会夸耀、不会骄傲。只求达到目的，就知道用兵是出于不得已，就不会逞强。

持强是不能长久的。凡是万事万物，一到强大壮盛的时候，就开始趋于衰败。所以黩武逞强，是不合于道的。不合于道，如暴风骤雨，很快就会消逝。

持武力的危险
《庄子》之《列御寇》

　　圣人从不把别人认为是必然的事看做必然，所以没有相争的事。普通人把别人不如此认为的事当做必然，自然就容易有纷争。有纷争就会动干戈。若习惯了干戈，人的行为随之也暴戾恣睢，终致遭到毁灭的命运。

第三十一章　不祥之器

夫兵者[13]不祥之器，物或恶之，故有道者不处。君子居则贵左，用兵则贵右[14]。兵者，不祥之器，非君子之器，不得已而用之，恬淡为上。胜而不美，而美之者，是乐杀人。夫乐杀人者，则不可以得志于天下矣。吉事尚左，凶事尚右。偏将军居左，上将军居右。言以丧礼处之。杀人之众，以悲哀泣之，战胜，以丧礼处之[15]。

【语译】

兵器是不祥的东西，不但人们讨厌它，就是物类也不喜欢它，有道的人是决不轻易用它。有道的君子，平时以左方为贵，用兵时才以右方为贵。

兵器是种不祥的东西，君子心地仁慈，厌恶杀生，那不是君子所使用的东西，万不得已而用它也要心平气和，只求达到目的就算了。即使打了胜仗，也不可得意。得意，就是喜欢杀人。喜欢杀人的，天下人都不会归服他，当然他也就无法治理天下。大家都知道：吉事尚左，凶事尚右。所以用兵时，偏将军负的责任轻，就居左方，上将军责任重，便居右方。这是说出兵打仗，要以丧礼来处理战胜的莅临啊！所以，有道的君子，人杀多了便挥泪而哭；战胜了，还须以丧礼来庆祝。

战胜的空虚
《庄子》之《徐无鬼》

　　武侯对徐无鬼说："我老早就想见你，向你请教：为了爱人民和讲道义而停止战争，可以吗？"

　　徐无鬼说："不可以。爱民是害民的开始；为道义停止战争，是促成战争的本源。你由这方面着手，恐怕不会成功。美其名为爱，事实上就是为恶的工具，即使你行仁行义，恐怕也成虚伪了。

　　"凡是有形的东西必会造成另一个形迹，譬如，有成功就有失败，改变常道会招来战争。切记：不要把兵器陈列在丽谯的高塔前，不要集合兵士在锱坛的宫廷里，不要以不正当的手段求取，不要用巧诈、计谋、战争来得胜。借着杀害别国的百姓，吞并别国的土地，来满足私欲，对谁会有益？而其胜利的价值又何在？

　　"你最好还是停止战争，修身养性，让万物各随本性发展，百姓自然就可避免死亡的灾害。又何必劳神谈什么停战不停战？"

　　庄子反对停战的论点，表面上对野心家来说，似乎非常荒谬，但是他的出发点相当正确。好像现在人们体会到的：一谈到停战，所有停战的策略都会失败。庄子的论点主要还是在谈精神方面的整装。

　　下面这篇精选，把战争的窘境和"和平"的进退两难，描写得极为透彻。当然，在历史的陈迹中，两千年前，漠视备战和不备战的局面，只给今日的人们造成了一些闲谈的资料。

战争的困境与和平

《庄子》之《则阳》

魏莹和田侯牟结盟。田侯牟（齐威王）背信，魏莹（魏惠王）大怒，想差人去行刺。犀首官听到这件事，认为是一大耻辱，就跑去对魏王说："你是拥有万乘兵马的国君，怎可叫一个匹夫去报仇？还是由我率领二十万大军去攻他吧！先把他的百姓掳来，牛马牵来，让他内心难过万分，再来消灭他的国家。如果田忌（齐国大将）逃走，我一定设法把他抓回来，打他的背，折他的骨，好为王报仇。"

季子听到这番话，大感耻辱，便对魏王说："人们好不容易筑好的十仞城墙，竟然要把它毁坏，这不是在浪费百姓的体力吗？如今国家已有七年没有战争，这正是王建立基业的良机，王怎可听信公孙衍的话大动干戈呢？"

听了这段话的华子，顿感万分羞耻，说道："说攻打齐国的人，是鲁莽的人；说不打齐国的人，也是鲁莽，说他们两个都是鲁莽的人，更鲁莽。"

魏莹左右为难道："那么我该怎么做呢？"

华子回答："王只要顺其自然就可。"

惠子（庄子的朋友，雄辩家）听到这番话，便去见戴晋人，告诉他怎么应对魏王的妙策。

接受惠子劝告的戴晋人，便对王说："王有没有见过蜗牛？"

魏王答道："有啊！"

戴晋人又说："一个建国在蜗牛左角的触，和一个建国于蜗牛右角的蛮，常常为了争夺土地而战。每逢战事一起，死伤总是几万，那些追逐败兵的军士往往要过十五天才能回来。"

魏王怀疑道："有这回事？这恐怕不是真的吧！"

戴晋人说："不，这是真的。我告诉你它的原因吧！你认为天地有没有界限？"

魏莹说："没有。"

戴晋人又问："如果让你的心遨游于无穷的境界，身却在有限的国度，你心目中的国家到那时还存不存在呢？"

魏莹说："当然存在。"

戴晋人紧接着又说："在有限的国度中，有你的国家——魏，魏国有个大梁（魏都），梁中又有大王。那么，你以为魏王与我刚才说的蛮王有没有分别？"

魏莹回答说："没有分别。"

戴晋人退出，留下魏王若有所思地坐在那儿。

第三十二章　道似海

　　道常无名，朴，虽小，天下莫能臣。侯王若能守之，万物将自宾。天地相合，以降甘露，民莫之令而自均。始制有名[16]。名亦既有，夫亦将知止，知止所以不殆。譬道之在天下，犹川谷之与江海[17]。

【语译】

　　道体虚无，永远处于不可名而朴质的状态。即使非常隐微，天下也没有人敢支配它。侯王若能守着这虚无的道体，不违反万物的本性，万物自然会顺其性而归服。天地阴阳之气相合，就会降下甘露。不需人们指使，就会很均匀。

　　道亦然。道创造了万物，万物兴作就产生了各种名称。既已定了名称，纷争也就跟着产生，所以人便不可舍本逐末，应该知道适可而止。知道适可而止，才能远离危险，避免祸患。

道对于天下人来说，就好像江海对于川谷一样，江海是百川的归宿，也是天下人的归宿；人广受其利，物备受其泽。

本章重述第二十八章的主题，保守本性，与第三十七章对照阅读，其义将更为明显。同时，本章还谈到：统治者或圣人若要保守天性，必须借重一种深获民心的神秘力量或德行方可。

从下文中，读者定不难看出"道"与"德"的不同点：道无法具体表现出来，德却可以。由此可知，道是不可知的，而德却可以预先知道。

寻找不可知的境界而停止
《庄子》之《徐无鬼》

德引人至道的纯一，智慧止于人心不可知的境界，能如此，就是最高明的了。道的纯一，是德不能到达的地步，智慧的不可知，也不是用言语可表达的。为争声名而像儒、墨那样争持下去，灾祸也就免不了。

因此，大海不拒绝向东流的河川，所以能博大深沉；圣人包容天地，恩泽满天下，百姓却不知他是谁。所以他生时没有爵位，死后也没有谥号。他不积财，不树名，所以又称做大德的人，会叫的狗不见得好，会说话的人也不见得聪明贤能。有心想成为伟人的吗？渴望达到伟大的人，不能成就伟大，何况有心修德的人？

世上没有比天地完备的东西，然而它到底是追求什么，才能达到最完备的境界呢？知道完备的人没有追求，没有丧失，没有抛弃，不因外物改变自己，反求自己达到无穷的妙境，因循古迹却不求行为与他们相似，而这就是伟人的德行。

在此，特别以"海不辞东流（或就下）"来解释本章最后两句话。因为，海和道一样，总趋于低处。请参看第六十六章。

　　庄子最重要的思想之一是限智（不可知论或怀疑论），但承认知识本身的存在，他好几次提到可知的世界和不可知的世界等观念。所谓可知的世界，代表的是有限的知识，而最重要的宇宙真理，却是属于不可知的世界。由此我们可以看出，后者所处的地位比前者高出许多。

庄子论"不知"的名言：知止
《庄子》之《养生主》、《徐无鬼》、《庚桑楚》

　　我们的生命是有限的，而知识却无穷，以有限的生命追求无穷的知识，那就危险了。明明知道它危险，还要拼命追求，可就更危险了。

　　一个人能够止于他所不知的，就达到知的极点了。

　　人所能知道的事物实在很少，虽然少，他还须依靠不知道的事物才能够知道天道的含义。

　　以我们所知的和我们不知的相比，就好像斜眼一样，不能周全。

第三十三章　自　知

　　知人者智，自知者明。胜人者有力，自胜者强。知足者富，强行者有志。不失其所者久，死而不亡者寿。

【语译】

　　能了解别人乃是智慧，能了解自己才是清明。能够战胜别人乃是有力，能够克服自己才是坚强。能够知足淡泊于财货的就是富裕，能够勤行大道而恒久不息的就是有志。不离失根基，能常处于道的，才能长久。

　　人既能以道为处所，自然也能和它同长久；既能以道为依归，则虽死却能与道同存，这才是真正的长寿。

　　老子在本章就知识、学习、力量、财富和长寿各方面，谈了不少至理名言，其中的"死而不亡者寿"

非常接近他的"不朽"观。当然，在此他只是点到为止，所谓寿或长命百岁对我们中国人来说，是最高明的贺辞了。

像所有伟大的诗人、哲学家一样，庄子比老子更感叹生命之短促，特别对"死"的感触最深，他最好的作品几乎都接触到生死的问题。反观老子，倒很少提到这方面的观点，不但少，可说是不曾提及呢！

"知人者智，自知者明"在第二十四章已说明得极为详尽。

论财富与贫穷
《庄子》之《让王》、《天地》

原宪住在鲁国一栋小房子里，这间房子的屋顶是用青草盖的，蓬草编成的大门破损不堪，他用桑木做门槛，破瓮做窗户，粗布隔房间。每逢下雨，屋顶滴水，地上潮湿时，他便端坐而歌，毫不为意。

有一天，子贡骑骏马，着蓝里白衫去见原宪，到了巷口却进去不得，他只好步行而入。一眼瞧见头戴桦树皮帽，脚拖没有后跟的破鞋，手扶藜木杖，亲自来迎接的原宪，便大叫道："天哪！你怎么啦？是病了吗？"

原宪回答说："我哪有病？你没听说：没有财叫做贫，读书不能实行叫做病？我现在是贫，不是病啊！"

子贡顿感不安，露出羞愧的神色。于是，原宪又笑说道："你可知有些事是我极不愿做的？比方：行动迎合世俗，牵亲攀戚，结交朋党，为别人求学，为自己教人，假托仁义去做坏事，盛饰车马以炫耀富有。"

"知足的人不因为钱财而劳苦自己。"

尧到华这个地方去参观，华地的封疆官对他说："欢迎圣人到此，特祝圣人长寿。"

尧推说："不敢当。"

封疆官又说："祝圣人多富。"

尧回说："不敢当。"

封疆官再说："祝圣人多男子。"

尧又推说："不敢当。"

封疆官迷惑道："多福多寿多男子，是每个人渴求的，你却不愿接受，是什么道理？"

尧回答说："多男子就多恐惧，多财富就多闲事，多福寿就多耻辱，这三种不是养德的东西，我怎敢接受？"

封疆官说道："我原以为你是圣人，现在才知道，你只是个君子而已。天生万民，各有其职，多男子就多给他们事做便是，有什么恐惧的？富有了就分给别人，何来多事了。

"再说，那圣人居无定所，食如母鸟哺育的小雀，行如鸟飞没有形迹可寻；天下有道，与万物同存，天下无道，便隐居而养心，千年后，当他厌倦了尘世的生活，便离世而进入仙界，驾白云而到仙都。这三种忧患根本不会降临在他的身上，也别无灾祸可言，更别说什么受辱了。"

说完，封疆官便转身离去。尧跟在他身后说道："我可以跟你谈谈吗？"

封疆官答道："你还是走吧！"

这可能跟道家"不怕事"的想法有关。所以他们主张，人不应丢弃财富。在庄子的作品中，老子一度被描写为丰足的大谷仓。

下面我为各位收集了一部分庄子论"死"的格言。至于他的"生死谈"，另于第五十章内详述。

骷髅
《庄子》之《至乐》

庄子到楚国的途中，看见一个骷髅，枯干了，但仍保有形状，于是，庄子拿着马鞭在上面敲了敲说："你是因为生前贪生怕死，行为不合法，被人杀死的呢？还是因为国破家亡被人害死的？是因为生前行为不好，怕连累父母妻儿受苦自杀的呢？还是穷困饥寒而死？或者是你寿品已尽，不得不死呢？"

说完这席话后，庄子把骷髅拿了过来，枕在头下睡了过去。到了半夜，庄子梦见骷髅向他说："刚才你谈话的神情，好像是辩士。至于你所说的内容，大多是活人的系累，死了就没有这些了。你想听听死后的情形吗？"

庄子答道："好啊！"

骷髅说："死后，上面没有国君，下面没有臣子，也没有春夏秋冬四时的转变。人在那里无拘无束，更可与天地同终始，即使是帝王的快乐，也不能与此相提并论。"

庄子不相信，说道："假如我请掌管生命的神灵，恢复你的形体，再生你的肌肤骨肉，让你重回故乡，和你的父母、妻儿、亲戚、朋友团聚，你愿意吗？"

骷髅听了，皱眉蹙额，忧愁地说："我怎能抛弃这帝王般的快乐，再去受人间的劳苦？"

庄子妻死
《庄子》之《至乐》

庄子的妻子死了，惠子前去吊丧，看见庄子蹲坐地上，边敲瓦盆边唱着歌，惠子生气地说道："妻子跟你生活多年，替你生儿育女，跟你吃苦受罪，现在年老身死，你不哭倒也罢了，居然大唱起歌来，不太过分了吗？"

庄子回答说："不是这样的。当她刚死的时候，我怎会不悲伤？可是仔细一观察，她原无生命；不但没有生命，而且也没有形体；非但没有形体，甚至连气息都没有。以后掺杂在恍恍惚惚若有若无的中间，才变化成有气息，有气息而有形体，有身体而有生命，现在再由生命变化成死亡。

"这种演变的过程，就像春夏秋冬四时的循环一样。想她此刻正安睡在天地的大房间里，我却在旁边哇哇地哭泣，实在是不明生命演变的过程，所以才停止了哭泣。"

庄子将死
《庄子》之《列御寇》

庄子快死的时候，弟子商议要厚葬他。但是庄子说："我用天地做棺木，日月做美玉，星辰做葬珠，万物来送葬，这不是一个很壮观的葬礼吗？我还有什么可求的？"

弟子说："我们是怕老鹰来吃先生啊！"

庄子答道："在地上会被老鹰吃，在地下又会被蚂蚁吃。把我从老鹰那里抢过来给蚂蚁吃，你们不是太偏心了吗？"

老子死
《庄子》之《养生主》

老聃死了，秦失去吊丧，只哭几声就出来了。老聃的弟子问他："你不是我老师的朋友吗？"

秦失说："是啊！"

弟子又问："那么你是来吊祭他，应当表示悲伤才对，怎么反而这样草率？"

秦失回答："这样就可以了。起初我还以为他是凡人，现在才知道他不是。刚才我进去的时候，看见许多老人像哭自己孩子一样地哭他，许多年轻人像哭自己母亲一样地哭他。他们情不自禁地说出话来，不期而然地流下眼泪，乃是违反天理，倍增依恋的表现啊！他们已忘了受之于天的本性。古时候称这种情形为'遁天之刑'——违反天然之理，被世俗的感情所束缚，像受到刑罚一样。

"你们的老师应时而生，顺理而死，有什么好悲泣的？若能安于时机的进展，顺着自然的变化，把生死置之度外，所谓的痛苦欢乐也就不能闯进心怀了。古时候把这种情形叫做'解脱'。"

四友谈生死

《庄子》之《大宗师》

子祀、子舆、子犁、子来四个人在一起谈话。其中一人突然说："谁能把虚无当做头，生存当做脊梁，死亡当做尾椎骨？谁能知道生死存亡本属一体的，就是我们的朋友。"四人相视而笑，乃成了莫逆之交。

不久，子舆生了病，子祀去探望他。子舆却说道："看哪！那造物者多伟大，居然能把我的身体弄成这般形态，既弯又巧，真是妙极了！"

原来他的腰已弯曲，背骨突出，头藏在肚脐底下，肩膀高出头项，发髻直冲天空，甚至连阴阳二气也不调了，可是他的心情却平静如昔。他支起身子走到井边，照了照自己的影子，说道："造物者竟把我的身体弄得这么巧啊！"

子祀问他说："你嫌恶这个形态吗？"

子舆回答："我为什么要嫌恶？假如我的左臂变成了鸡，我就叫它报晓；假如我的右臂变做弹丸，我就用它去打鸟，然后烤鸟来吃，假使把我的尾椎骨变做车，精神变做马，我就坐着这辆马车到处游玩，哪里还用得着另外去找交通工具呢？

"并且，生是应时机的，死是顺天命的，若能安守时机，随顺天命，那么哀乐的情感，也就进不了我的胸中，这就是古时候所说的解脱[18]。如果不能解脱，就是被外物束缚了。人本胜不过天，我虽形体如此，又有什么好嫌恶的？"

不久，子来生病，气息急促，已成弥留状态，他的家人围着他不停地哭泣。这时子犁来探望他，看到这种情形就对他的妻儿道："快走开吧！不要惊动了这将要变化的人。"说完，便靠在门旁对子来说："伟大啊！天地的主宰又要把你变成什么呢？要把你派到什么地方去？你想他会把你变成什么呢？要把你派到什么地方去？你想他会把你变做鼠肝呢？还是虫臂？"

子来气息微弱地答道："父母命儿子往何处去，无论东西南北，他都听从命令，而阴阳对于人，就好像父母对儿子一样，并没有多大区别。它如果要我死，我就得死，要是不听从，就是忤逆不顺。这一切的罪过都须我来承当，它却毫无过错可言。

"天地给我形体，让我壮时劳苦，老时清闲，死后安息。既以生为善，也要以死为善啊！

"譬如：有一个铁匠在化铁，突然铁跳起来说道：'我一定要做成莫邪宝剑。'你以为铁匠还会认为这是吉祥的铁吗？现在，我若偶然成了人形，就想世世做人，请求造物说：'让我做人！让我做人！'造物者一定会以为我是不祥的人。假若现在我把天地看做化铁的大炉子，造物为铁匠，那又何必担心死后会到哪里去呢？"

然后子来陷入平静的沉睡中。没多久，居然精神抖擞地醒了过来。

三友谈生死
《庄子》之《大宗师》

子桑户、孟子反和子琴张三人交友，谈道："谁能以仿佛不曾在一起的模样相处在一起？谁能彼此帮助，却又能做到好像没有互助的样子？谁能在云雾里遨游，在无极中跳跃，既不喜欢生存，也不厌恨死亡呢？"三个人相视而笑，乃成了莫逆之交。

不久，子桑户死了，还未下葬，孔子便命子贡去帮忙料理丧事。可是，子贡一到那儿，就看到孟子反和子琴张两人，一个在编曲，一个弹琴，嘴里还不住地唱道：

> 来吧，桑户啊！
> 来吧，桑户啊！
> 你已回返了本真！
> 我们却仍在受人体的束缚。

子贡急忙走上前问道："你们这样对着尸体唱歌，合理吗？"

两人相对一笑，无视子贡的存在，说道："这个人哪里知道礼的意义？"

子贡回去后，把所看见的事都告诉了孔子，并且说："他们是什么啊？不用礼教约束自己的行为，而把形体置之度外，对着尸体唱歌，竟然能面不改色，我不知道应该怎么称呼他们。还是请教老师吧！"

孔子说："他们是超脱世俗的方外人，我却是寄托在世俗里的方内人。方内、方外是不相通的。我差你去吊唁，实在是我不曾考虑到这点，要怪我见识浅了。

"他们自认是造物者的伴侣，遨游于天地之间，并与气合为一；他们把生看做肉瘤，把死当做溃破的疮，如此一来，怎能知道生死先后的区别呢？他们把形体看做精神寄托的异物，无所谓寄托成何种形体，所以能忘却形体内的肝胆，还有那形体外的耳目。

"他们把生死看做循环往复：没有开始，没有结束；他们茫然徘徊于尘世之外，逍遥于无为的事业中。像他们这种人怎能拘守世俗的礼节，且把它表演给人们看呢？"

子贡又问："那么，你是依哪一种道呢？"

孔子答道："我是受天诅咒的人。虽然如此，我还是愿和你共同追求那方外之道。"

子贡说："请问如何追求？"

孔子说："鱼的生活依赖水，人却需道而生活。依赖水生活的，掘个水池就足够活命了，依赖道生活的，得了道，性情也就会安定。所以说：鱼游于江湖，自在逍遥，便忘记了一切；人得了大道，性情安定，也忘去了一切。"

子贡跟着又问："请问奇人是什么人？"

孔子答道："奇人乃是异于世俗、合于天理的人。所以说：天眼中的小人，乃是人间的君子，世人眼中的君子，便是天所认为的小人。"

第三十四章　大道泛滥

　　大道泛兮，其可左右。万物恃之以生而不辞，功成而不名有，衣养万物而不为主。常无欲，可名于小；万物归焉[19]而不为主，可名为大。以其终不自为大，故能其成大。

【语译】

　　大道广泛流行，就像水一样，可左可右，无远弗届，无所不到。任万物赖之以生长，而不加以干预，任万物赖之以成就，而不居其功；它养育万物，而不主宰万物。

　　从道体的隐微虚无看，它可说很渺小，但其用无穷，化育万物，使万物归附而不知其所由，它又可说是很伟大。道所以能成其伟大，就因它不自以为伟大的缘故。

道的内涵
《庄子》之《知北游》

东郭子问庄子说："所谓的道，在什么地方？"

庄子答道："它无所不在。"

东郭子说："请说出一个地方吧！"

庄子说："在蚂蚁身上。"

东郭子说："为什么这么卑下？"

庄子又说："在稊米里。"

东郭子说："怎么那么卑下？"

庄子紧接着又说道："在瓦甓里。"

东郭子说："怎么更卑下了？"

庄子又说："在屎溺里面。"

东郭子再也不说了。

于是，庄子说："你的问题，没有接触到实质，所以我只能这么回答你。从前正获问监管市场的人如何判断猪的肥瘦，回答是从脚看起。你不要固执成见，认为屎溺里面没有道，其实天地间没有一样东西能离开道的。伟大的真理如此，伟大的学说又何尝不是如此？"

道无所不在
《庄子》之《知北游》

说到大，道可谓无穷无尽；说到小，也没有一样东西不比它小，所以万物才能由此而生。就因为道大，它才能包容万物；就因为它像海一样深，所以才不可测度。

天地四方虽浩大无比，却未离开大道而独存；秋天兽类刚生的毫毛，虽微小，却能依靠大道自成形体。

第三十五章　道之平

执大象[20]，天下往。往而不害，安平泰。乐与饵，过客止。道之出口，淡乎其无味，视之不足见，听之不足闻，用之不足既。

【语译】

能守大道，天下人都会归从他。因为他不但不会害人，反而能使天下得到太平康乐。悦耳的音乐，可口的美味，只是做客时的短暂享受罢了，怎么可能持久？道显现出来的，虽然淡而无味，既看不见，又听不到，但却取之不尽，用之不竭。

《列子》一书特别强调道家"精神重于物质"的学说。作者本人更是以乘风而来的仙人姿态，出现在庄子的作品中。下文将提到的关尹乃是函谷关令，曾说服老子写《道德经》一书。

执守大道的太平

《庄子》之《达生》

列子问关尹说："至德的人在水中行走不会窒息，踏在火上也不觉其热，在高空飞行也不觉恐惧，这是什么原因呢？"

关尹答道："因为他能保守纯和之气，修养恬淡之心的缘故。这可不是智慧、技巧、果断、勇敢所能做到的，我这就告诉你它的原因何在吧！

"凡是有形貌、影像、声音、颜色的东西，都是物。那么物与物之间怎么会有距离呢？是因为有声无声的分别罢了！唯有无声无色，断绝视听，才能达到无形无变的境界。能执守这个'大道'的人，才不会受外物的控制。……

"酒醉的人掉在车下，虽会受伤或患病，还不至于死亡。他的骨节和常人相同，为什么损害却与常人迥异？乃因他精神凝聚，乘车不知，坠车不知，任何恐惧没有进入心中，即使和外物摩擦，内心也不会惊恐的缘故。酒醉的人尚能如此，何况那顺天而行的人呢？

"圣人和自然化合，所以外物伤不了他；复仇的人不会去折断仇人的剑，因为剑本无心；性急的人，不会埋怨掉在头上的瓦片，因为瓦片也无心而落。

"天下若能平静，没有战乱，没有杀戮，没有刑罚，那都是由于自然无为的大道所造成的啊！

"不要运用智慧去发展人性，应该顺乎自然去发展天性；因为应合天性的合于道德，运用智慧的就伤害天性了。若能不厌弃自然，不运用人为，也就达到了返璞归真的境界。"

道家主要的德行，乃是混合了生活中的为与不为，以达到心灵的

"恬静"与"成熟"。所谓道家之名，由道的"恬静"而来。在第三十七章之一中将谈到恬淡、平静、沉着和无为，彼此是可以转换的。

用恬静来培养智慧
《庄子》之《缮性》

古时学道的人，用恬静培养智慧；虽有智慧，却不用它，这又叫做用智慧来培养恬静。两者交相培养，和顺的道德自然就由本性流露出来。

用之不尽
《庄子》之《齐物论》

"灌水进去不见满，取水出来不见干，而且不知其源在何处，那就叫做葆光。"

第三十六章　　生命的步骤

　　将欲歙之，必固张之。将欲弱之，必固强之。将欲废之，必固兴之。将欲取之，必固与之。是谓微明。柔弱胜刚强。鱼不可以脱于渊，国之利器不可以示人。

【语译】

　　物极必反，势强必弱，这是自然不易的铁则。能够明了这个道理而加以运用，自然就无往不利了。任何事物，要收敛的，必定会先扩充；要衰弱的，必定会先强盛；要废堕的，必定会先兴举；要取走的，必定会先给予。这个道理，看似隐微，其实很明显，那只不过是柔弱胜刚强这一机先的征兆罢了。

　　深水是鱼生存的根本，鱼不能脱离深水，否则必定干死；权谋是治国利器，不可轻易示人，否则便要自取其祸，国灭身亡。

　　从本章我们看到完整的"复归为始说"。这是庄子

《秋水篇》的本体论、相对论，经过一个长时期的发展，才导引出来的结论。

复归为始说

《庄子》之《秋水》、《知北游》、《齐物论》

北海若总结上面说道："安静点吧！河伯！你哪里知道贵贱的门径和大小的根由啊！"

河伯说："那么我该做些什么，又不该做些什么呢？对世俗的推辞和接受、进行和退避，我究竟该怎么应付呢？"

北海若回答说："以道的立场看起来，何来贵贱？贵贱本是循环的，所以叫做'复归为始'。因此，不要拘限你的心志，这和大道是不合的。世上原无多少区别，多少乃是相对的，所以还是为你所拥有的去感谢上天吧！不要太偏执一方，而违反了大道。

"应该像国君一样庄严正直，对人民没有偏私的恩惠；像祭祀的神社一样怡然自得，而没有偏私的赐福，更要像天地一样地宽大为怀，不分界限地包容万物、爱护万物，这样才能达到合道的境界。"

"道虽寄托在充盈和空虚中，但它并不充盈和空虚；虽寄托在衰退和腐败中，也不会衰退和腐败。道可说随时处于开始和终结的状态中，但不是开始和终结的本身，它也是物的积聚和消散，却又不是积聚和消散的本身。"

"道本是通而为一的，所谓成，就是毁，毁也就是成。万物本来无成也无毁，而是通达为一的。"

有会合就有分离
《庄子》之《山木》

　　庄子说："万物的情理和人类的变化，就不是这样了。大凡世间的事，有会合就有分离，有成功就有毁坏，清廉的被伤害，高贵的受攻击，有为的遭非议，贤人被谋害，常人受欺凌。那么世上究竟什么东西才是好的呢？唉！可叹啊！弟子们千万要记着，处世若要免于物累，只有归向道德的途径。"

失败和成功的征候
《庄子》之《列御寇》

　　失败有八种预兆，成功有三种征候，而形体则有六个腑脏。若美姿、长髯、高身、强大、健壮、优雅、勇猛、果敢，这八种特性都超过别人的话，那就注定了失败穷困的命运。如果有依赖外物、委屈从人、怯懦柔气这三项本领的话，也就能走上成功通达的道路了。

第三十七章　天下自正

　　道常无为而无不为，侯王若能守之，万物将自化。
化而欲作，吾将镇之以无名之朴。无名之朴，夫亦将
无欲。不欲以静，天下将自正。

【语译】

　　道永远顺任自然，不造不设，好像常是无所作为
的，但万物都由道而生，恃道而长，实际上却又是无
所不为。侯王若能守着这个道，万物就会各顺己性，
自生自长。然而这种状态并不能长保，在万物生长繁
衍的过程中，难免有欲心邪念，这时唯有以道的本质
"无名之朴"，来克服这种情形的发生。一旦没有欲心
邪念，能够归于沉静不乱，那么，天下自然就上轨道。

　　前面几章讨论的寂静无为乃是代表不朽的自然，
和所有力量的泉源。我们活在这个世上，完全不活动
是绝不可能的事。因此，只有综合虚静、恬淡、寂寞、

无为，才是最恰当的生活方式。

　　以下的精选乃是最完整的无为说，是经由自然无为和天地行而不说的论点来探讨，同时还告诉人们：虚静、恬淡、寂寞、无为是人类最明智的生活态度。

无为寂静说

《庄子》之《天道》

　　天道运转，无休无息，万物因此而生，帝王之道运转，无休无息，所以天下人心归顺；圣人之道运转，无休无息，所以四海之士钦服。如果能明白天道，通晓圣道，并了解上下古今四方变化的帝王之德，都是自为的话，其行为也就能归于平静了。

　　圣人的寂静，并不是因为"静是好的"，所以才寂静；乃是因为世上没有一样东西能干扰到他，而自然归于平静的寂静。水平静的话，可以很清楚地照见发眉，平静的水面也可作为木匠"定平"的准则。圣人的心神若是平静了，不但能鉴照天地的精微，甚至还可明察万物的奥妙。

　　虚静、恬淡、寂寞、无为是天地的"水平仪"，是道德最高的境界，更是古代帝王、圣人休息的场所。心神休息便虚空，虚空就合于真实的道，合于道便已达到自然的伦常了；心神虚空象征着寂静，由寂静再产生行为，哪里还会有不合宜的行为？所谓的心神寂静就是无为，在上无为，居下的臣子自然就会各尽其责；无为又象征着和乐，一个人内心和乐，则外患不能入侵，又何惧寿命不能延长？

　　明白虚静恬淡、寂寞无为是万物之本的国君，是尧；明白虚静恬淡、寂寞无为是万物之本的臣子，是舜。以这个道理行之于上位，是帝王、天子的德操；以这个道理行之于下的，乃是圣贤的德行。

以此德行退休山林、闲游四方的人，没有一个隐士不敬佩他；以此德行进身官场、治理世事的人，没有不功成名就，并使天下统一的。他静的时候，是圣人；动的时候，便是帝王；处在无为的时候，天下更没有一样东西能比得上他德行之完美。

明白天地之德的人，便是通晓"万物的根本和来源"的人；他能与天和，使天下得到太平；他能与人和，使人人和乐相处。与人和的，称为"人乐"；与天和的，便称为"天乐"。

庄子说："我的老师！我的老师啊！他摧毁万物而不以为暴虐，施恩于万物也不以为仁，生长在上古而不自认长寿，覆盖承载万物的形体也不以为智巧。"这就叫做"天乐"。

所以说："知道天乐的人，生时顺天而行，死后随物而化。"他虚静的时候，和阴气同归寂；运行的时候，便和阳气同波逐流。因此，知道天乐的人，没有天怨，没有人议，没有外物的系累，也没有鬼神的责难。

所以说："他行动的时候，像天一样地运行；静止的时候，像地一样地平静。因为他心神虚静，所以鬼神不扰，精神不乏，终能得到万物的归服。"换句话说，以虚静推及天地、通达万物的，便叫"天乐"。天乐乃是圣人蓄养天下苍生的本心啊！

天下将自定：合于自然
《庄子》之《天地》

天地虽博大，无为自化的道理却一致；万物虽然繁杂，那率性自得的道理却无不同；人民虽众多，治理天下的却只有国君一人。国君，乃是依据道德，顺乎自然治理百姓的人，所以说："远古的君王，无为而治。"他们只顺着自然的德行就够了。

因此，从道的立场来观察名分，天下的国君都是名正言顺；从道的立场来观察上下的分际，君臣尊卑之分已极明显；从道的立场来选贤举能，天下官吏莫不各称其职；以道的立场来看万物，万物莫不具备我们所需求的一切。所以，与天地俱存的是德，行于万物的是道……

所以说："古代蓄养天下苍生的人，没有欲望，而天下自富足；没有作为，而万物自化生；沉默寂静，而百姓处于安宁。"

第三十八章 墮 落

上德不德，是以有德；下德不失德，是以无德。上德无为而无以为；下德为之而有以为。上仁为之而无以为，上义为之而有以为。上礼[21]为之而莫之应，则攘臂而扔之。故失道而后德，失德而后仁，失仁而后义，失义而后礼。夫礼者，忠信之薄，而乱之首。前识者，道之华，而愚之始。是以大丈夫处其厚，不居其薄；处其实，不居其华。故去彼取此。

【语译】

上德的人，对人有德而不自以为德，所以才有德。下德的人，对人一有德就自居其德，所以反而无德了。因为上德的人，与道同体，道是无所为而为，所以他也是无所为而为。而下德的人，有心为道，反而有许多地方却做不到了。

上仁的人，虽然是为，却是无所为而为；上义的人，尽管是为，却是有所为而为；上礼的人，就更过分了，他自己先行礼，若得不到回答，便不惜伸出手臂来，引着人家强就于礼。

由此看来，失去了道然后才有德，失去了德然后才有仁，失去了义然后才有礼。

礼是表示忠信的不足。等到步入礼的境界，祸乱也就随之开始。智慧不过是道的虚华，是愚昧的开始。至于以智慧去测度未来，更是愚不可及的事。

所以大丈夫立身敦厚，以忠信为主，而不重视俗礼；以守道为务，而不任用智巧；务必除去一切浅薄浮华等不合乎道的，而取用敦厚质实等合于道的。

本章乃是老子最著名的一章。有不少版本把《老子》这本书分为上下两篇，本章就是下篇的第一章，但是这种区分法似乎有欠妥当。因为形成老子思想的哲学原理，完全包括在前四十章内，而后四十章处理的大多是实际生活上的问题，譬如生活的准则和政治论等。

本章讨论的主题是道的堕落。道所以会堕落，乃是某些哲学家——特别是孔子——的仁、义、礼、乐之教大兴的缘故。

研读本章应与第十八、第十九章的精选（庄子怒斥孔教）对照，才不致对老子思想有所缺失。

道的堕落

《庄子》之《知北游》

道不是可用言语招来的，德也不是自称有德就可得到；然而，仁可以培养，义可以不足，礼也可作伪。所以说："失去道而后德出现，失去德而后仁蔚起，失去仁而后义显现，失去义而后礼大兴。"礼就是道的堕落和祸乱的开始。

上述引句中的话，显然是出自老子，因为它所采用的字词与本章原文完全一致。不过，这些词句偶尔也会出现在其他的引句中，这种引句在老子的书中常可看到。

合其位的制度

《庄子》之《天道》

天道的根本在于君主，人道的终结在于臣下；君主需要的是简扼，臣下需要的是详情；起用三军和兵器，是德行衰败的结果；施行赏罚和动用刑具，是教育的末途；采用礼法典章的制度，是治理百姓的终结；大兴钟鼓的声律、羽毛的舞姿，是音乐的结束；区别哭泣、悲痛、丧服的等级，是悲伤的末路。

这五种终结，必须要有精神的运行、心术的引动，才能产生出来，古时候的人早已有了这种认识，只是没有率先实行而已……

讲述大道而不论程序，便不是大道；论述大道不依道而行，论道就无用了。所以古代阐明大道的人，先阐明自然，再谈道德；道德明白后，再论仁义；知道了仁义，则求名位；了解了名位，再谈声誉；得到声誉，再论因材任职；做到了因材任职，再谈审察；做到了审察，再来辨别是非；能够辨别是非，才能论赏罚。

做到了赏罚，那么愚笨、聪明、尊贵、低贱等人也都有了适当的位置；贤、智、愚、鲁之士，自也能各有其用。用这种方法来侍奉君主，养蓄臣子，治理事物，修养身心，也就无所谓用不用智谋，当然也必能归返自然，这就叫做太平，乃是治世的最高境界。

所以古书上面记载着"有形就有名"，古人早就有了形名，只是没有率先使用而已。

古时讲述大道的，要五次演变才举到形名，要九次演变才说到赏罚。若没有经过这些过程，突然提到形名（像孔教所为），人们就无法知道它的根本；突然提到赏罚，人们也不能明白它的原始。像这样颠倒大道、违背大道的人，只有被人治理，怎可能去治理别人呢？

突然提到形名、赏罚的人，是只知治理的意思，不知治理的原则；是只能受天下人役使，不能役天下人的辩士。

孔教何以乱天下
《庄子》之《在宥》

偏爱视觉的，迷五色；偏好听觉的，喜五乐；偏爱仁的，乱五德；偏爱义的，违背于理；偏爱理的，助长了技巧；偏爱乐的，助长了淫声；偏爱圣的，导致百姓苦求绩业；偏爱智的，导致评论是非的弊病。

如果天下百姓各守本性，这八种弊端存不存在都无所谓。如果天下百姓不守本性，这八种弊端便是引起大乱的主因了。

正当它们扰乱天下的时候，世人竟然愈来愈尊崇它、珍惜它，天下人的迷惑可说已到达了极点。本该弃置不顾的弊端，天下人反而斋戒谈论它，跪坐学习它，歌舞赞美它。看到这种情形，我又有何法可想？

读者如果想要更进一步了解道家的反论和孔子的思想，请参阅本书后面的《想象的孔老会谈》。

道家特别强调无意识的善。善本是自然和无心的表现，若是有心为善，便会脱离"大道"，进而走向毁灭的道路。

无意的善

《庄子》之《齐物论》、《列御寇》、《徐无鬼》、《大宗师》

不去辨别万事万物的所以然，就合乎道体了。

最大的祸害便是有心为德。

庄子说："不期而然射中目标的人，才是精于射箭的人。"

偶然碰到适意的事，来不及笑；真正从内心发出的笑声，事先也无从去安排。

第三十九章　全　道

昔之得一者，天得一以清，地得一以宁，神得一以灵，谷得一以盈，万物得一以生，侯王得一以为天下正。其致之一也。谓天无以清则恐裂，地无以宁则恐废，神无以灵则恐歇，谷无以盈则恐竭，万物无以生则恐灭，侯王无以正则恐蹶。故贵以贱为本，高以下为基。是以侯王自谓孤、寡、不穀，此非以贱为本耶？非乎？故致舆无舆[22]。不欲琭琭如玉，珞珞如石。

【语译】

天地万物都有生成的总源，那就是道，也可称为一。自古以来天得一才能清明，地得一才能宁静，神得一才能灵妙，谷得一才能充盈，万物得一才能化生，侯王得一才能使得天下安定。

这些都是从一得到的。否则，天不能清明就会崩裂，地不能宁静就会震溃，神不能灵妙便会消失，谷不能充盈便会涸竭，万物不能化生便遭绝灭，侯王不能处理天下准则便会被颠覆。

所以贵乃是以贱为根本，高则是以下为基础。且看侯王的称孤道寡，不就是以卑微为出发点吗？明白这个道理的人，绝不会强要为玉让人称赞，也不会死心为石让人非议，因为偏执任何一方的荣辱都不合乎道，就好像取走马车的任一部分就不成为马车一样，道必须是完整的。

道的力量
《庄子》之《大宗师》

有了道：豨韦氏便去整顿天地，伏羲氏 [23] 用它来调和元气，北斗星永远不改变位置，日月能永远地运行不停；堪坏 [24] 掌握了昆仑山，冯夷 [25] 在大川中嬉戏，肩吾 [26] 住上了泰山顶，黄帝 [27] 登上了云天，颛顼 [28] 也住上了九玄宫。

有了道：禺强 [29] 能够主持北极；西王母据有了少广山，没有人知道她的起始，也没有人知道她的终结；彭祖的年岁从有虞直到五霸才终了；傅说生时能辅佐武丁统治天下，死后他的精神仍能驾着东维和箕尾两座星宿，与天上众星并列。

春秋两季因得道而有力
《庄子》之《庚桑楚》

庚桑子说："有什么好奇怪的？春天一来，百草丛生；秋天一到，万物收成。这是因为在它身后有一个道啊！"

圣人如何处于世
《庄子》之《则阳》

　　冉相氏执守中道，随物自成，与物混同，既不知过去，也不知未来，更不知现在。他虽与万物化合，却仍守着纯一的道体。他知道，道是永远不会变的，所以未曾离开它片刻。一个有意效法自然的人，终于失败，走向追逐外物的道路。一个没有自然、人为观念的圣人，同样也没有开始和结束的观念，他混迹世间，随波浮沉，而德行却未败坏。这是因为他无心合道却能与道同体的缘故。

第四十章　反的原则

　　反者道之动；弱者道之用。天下万物生于有，有
生于无。

【语译】

　　道的运行本是反复循环的，无所谓正反的区别，
等到有正反相对时，道已由静而动。可是道的运用，
全以柔弱谦下为主。宇宙万物也都是由这个道而生息
不已。

　　本章仅以短短的几句话便总括了老子的学说，这
个思想的基础原是建于反的原则上，有"反"故而道
动，在第二十五章之二、第二十五章之三和第三十六
章之一中曾详述过这个观点。现在再请各位参阅第
二十五章之二的"不朽的循环"和解说。同时，不妨
再参考第四章之一的："道高且无穷。刚结束，紧跟
着又再开始。"

"反"是道的运用

《庄子》之《秋水》

万物都是齐一的,何来长短的区别?大道没有终始,万物却有生死的变化,它的成长怎可自恃!万物时而虚空,时而充实,并无不变的形体,而岁月却是一去无回,时间也终究无法停止。

由万物永远在生长、死亡、盈满、空虚的现象中变化,以及终结、开始的循环不息中,不难看出大道的趋向和宇宙变化的原理。万物的生长,像快跑,像奔驰,没有一个动作不在变化,也没有一时一刻不在移动,该做什么,不该做什么,它本身就会自然地演变,何用人为地操作?

万物的起源:由无至有的演变

《庄子》之《庚桑楚》

冉求问孔子说:"我们可以知道天地的起源吗?"

孔子回答道:"可以。古代就和现在一样。"

冉求无言以对,便退了出去。第二天他又来问孔子说:"昨天我问老师:'可以知道天地的起源吗?'老师说:'古代就和现在一样。'当时我还很明白,现在却又迷糊了,请老师开导开导。"

孔子说:"昨天明白,是因为你用精神去领会;今天迷糊,是你从形象上去了解的缘故。它本来就是没有过去和现在,没有开始和结束的。试想,在没有子孙前就有了子孙,可能吗?所以还是放弃形象的了解吧。"

冉求没有回答,孔子紧接着说:"答不出来了?不要以为死是由生而来，也不要以为生是因死而生，这两者本就是相互依赖，形同一体的。你以为在天地以前就有物生出来了吗？事实上，所谓主宰物的，它本身并不是物，因为物的出生没有先后的区别，在这个物生出前，又岂会没有别的物存在？"

请再参阅第二章之三："万物是从'无有'产生出来的。"

【注释】

---

[1] 按字义解作"稳重",乃是以"尘世"为典范。所谓德行的厚、重,指的就是诚实、豁达、稳重和忍耐。所谓德行的轻、薄,指的便是轻浮、灵巧和轻率。

[2] 行:行走,与下文"处"相对为辞。辎重,载衣服粮食的车子,以其累重,故称"辎重"。

[3] 由于轻浮躁动。

[4] 圣人以其才善用万物。

[5] 袭:是承袭保有的意思,亦即利用自然的法则,达到最好的结果。

[6] 资:作资源、资助、原料等解,此处用作谋利的饵,即取资、借资、借鉴的意思。

[7] 史上有名的人物,《论语》中提到的廉吏。

[8] 参阅第六章。谷、均为雌的征象,含有悔悟、消极的意思。

[9] 经久不变之德,叫做"用德",与"常道"、"常名"皆为老子常用词语。

[10] 照字义作"嘘"、"吹"解。因为这个意思表达得极为传神。

[11] 部分学者认为老莱子和老子是同一人,但没有证据可证明。本章所述老莱子对孔子的忠告,和《史记》记载的老子对孔子的忠告完全一样。

[12] 我国军队的特性是由两个部分组成的,那就是"停"和"战"。有些和平主义者将这个意思解为"停战",事实上,最好的解释还是"以战止战"。语源学上的"止",乃是一张"足迹"的画像,本文的全意也正象征着一幅以"矛"插在"足迹"上的图画一样。

[13] 有些读本解作"佳兵",兵的意思就是"兵"和"器"。

[14] 这是当时的一种礼仪。吉事尚左,是代表创造的一方;凶事尚右,代表的是毁灭的一方。

[15] 周礼的五大仪式之一。最后的五句,其中有两句读起来似乎像是后来被人误插进去的注释。原因是偏将军与上将军的用语直到汉朝才出现,王弼的注释遗失后,很可能这两句是被誊写者误插在原文内。请参考第六十九章,和孟子的"善战者受惩"、"不嗜杀者能治国"。

[16] "名"包含了万物之别。因此,有"名"则失道。

[17] 以江海作譬喻，它的意思是流入江，止于海。

[18] 比较一下与第三十三章之五相同的句型。

[19] 照字义为："万物复归为始。"

[20] 自然或天地的征象。

[21] 礼：孔子"社会秩序说"经由仪式表现出来的，就叫做礼，也可解释为谦恭、礼貌。

[22] 另一个较受多数人接纳的原文是：致誉无誉。

[23] 传说的帝王（前 2852 年），据闻曾经发现阴阳转换的原理。

[24] 人面兽形。

[25] 水仙。

[26] 山神。

[27] 半神话的统治者。治国年限为公元前 2698—前 2597 年。

[28] 半神话的统治者。治国年限为公元前 2514—前 2437 年，在尧之前。

[29] 水神，人面鸟身。

第五篇
生活的准则

上士闻道，勤而行之；中士闻道，若存若亡；
下士闻道，大笑之。不笑不足以为道。

| 老子的智慧
The Wisdom of Laotse

第四十一章　道家的特性

上士闻道，勤而行之；中士闻道，若存若亡；下
士闻道，大笑之。不笑不足以为道。故建言有之：明
道若昧，进道若退，夷道若颣；上德若谷，广德若不
足，建德若偷，质德若渝。大白若辱，大方无隅；大
器晚成，大音希声，大象无形。道隐无名。夫唯道，
善贷且成。

【语译】

上士，是有志的人，所以闻道就努力不懈地去实
行，绝不间断。中士，是普通的人，由于识见不足，
认道不清，所以觉得道似真似幻，若有若无。下士，
是俗陋的人，识见浅薄，根本不晓得道为何物，听见
合于道的话，反而哈哈大笑起来，以为荒诞不经。如
果不能让这般俗陋的人大笑的话，那道就不是高深的，
也算不得是真道呢！

所以古时候立言的人有这样的话："从表面上看

来，明道反像暗昧，进道反像后退，平道反像不平。"同样的，上德反像低下的川谷，高洁显荣反似蒙垢受辱，广大的德行反似不足的样子，刚健之德反像怠惰的样子，质朴的德反似易变的样子，其理莫不本源于此。

广大的空间没有可指的角落，伟大的成就大都晚成，天籁的声音无声可闻，没有形象的象，无形可见；大道隐微不可说，没有名称来指明。

上士听到上面这些道理，立刻付之于行动，以期合于道体。因为只有无时不有，无所不在的大道，才能施恩万物，才能无所不成。

老、庄的哲学思想到此已完全表露了出来。到第四十章结束为止，老子的《道经》不但处理了哲学上的实用问题，并且把古版《老子》分为了上下两篇：上篇第一至第三十七章，称为《道经》；下篇由第三十八至第八十一章，称为《德经》。

经过一番研读和分析，可以得到以下的结论：从这些章节的安排来看，《老子》可就"原则"和"实行"两个观点而分为上下两篇。并且，第四十章的描述，更给老子的哲学思想写下了一篇最好的摘要。

至于庄子的思想，虽然在前面几章已提到了不少，但是并没有包括他最好的论说篇章——论生死和限知说在内。论生死这部分，我把它安排在第五十章的精选内解说；限知说在第五十六章将会有更进一步的发展。若要研究庄子的思想，这两章乃是不可或缺的篇幅。

以下从第四十一至第四十六章讨论的主题，是知足及损益的虚实。有一位古代学者吴澄，曾把第四十一、第四十二、第四十三等章合为一章，他所从事的这种组合法在其他的学者那也曾出现过，一般说来，重组章节可使思想更具有连贯性。

"大白若辱，盛德若不足"

《庄子》之《寓言》

阳子居准备南下到沛这个地方，正巧老子也西行去秦地，他便约老子在沛的郊外相见。但是却在走到梁的时候，遇见了老子，两人便一起走了一程。半路上，老子突然仰头向天，长叹一声说："起初我以为你还可以教育，现在才知道你实在不堪造就。"

阳子居听了，没有出声。等到了旅舍，双方梳洗完毕，阳子居脱了鞋子，跪着走到老子的面前说："刚才弟子想请问老师，老师正走着没有空闲，所以不敢问，现在老师有空了，可否告知弟子犯了什么错？"

老子说道："你态度骄傲，目空一切，谁看了都害怕，怎么还敢来接近你？要知道，真正清白的人，不自以为清白，反而觉得自己好像有污点似的；真有盛德的人，也不自以为德高，反倒觉得自己的德行欠缺了什么似的。"

阳子居听后，面容一变，说道："敬谢老师的教诲。"便躬身退了出去。

阳子居刚来旅舍的时候，店里的客人让路给他，店主为他安排坐席，女主人替他拿梳洗的用具，先来的客人都躲着他，烧饭的厨子也不敢当着炉子站。但是，从他见过老子，并听从老子的劝告后，旅舍的人不但已敢和他随便地争席位，态度也亲热了许多。

序文的引句，乃是采用老子的："知其白，守其辱。"

第四十二章　强梁者

道生一,一生二,二生三,三生万物。万物负阴而抱阳,冲气以为和。人之所恶,唯孤、寡、不穀,而王公以为称。故物或损之而益,或益之而损。人之所教,我亦教之。强梁者,不得其死,吾将以为教父。

【语译】

道是万物化生的总原理,无极生太极,太极生阴阳,阴阳二气相交而生第三者,如此生生不息,便繁衍了万物,因此万物秉持阴阳二气的相交而生,这阴阳二气互相激荡而生成新的和谐体,始终调养万物。人所厌听的是孤、寡、不善,而侯王却以此自称,那是因为得道的侯王深明道体的缘故。任何事物,表面上看来受损,实际上却是得益,表面上看来得益,实际上却是受损。因此,人生在世,应体道而行,不可仗恃自己的力量向大自然称强,否则定得不到善终。前人教给我这个道理,如今我也拿来转教别人,并以此作为"戒刚强"的基本要义。

"道生一"
《庄子》之《齐物论》

"道既有了名称，和本性加起来便成了两个数目；有了一个名称，这两个名称和道的本体加起来，就形成了三个数目。如此类推下去，即使精于数学的人来算都算不清了。"

有关阴阳的运行，请参阅第二十五章之一"宇宙的神秘"，和第二十五章之二"不朽的循环"。

第四十三章　至　柔

天下之至柔，驰骋天下之至坚，无有入无间。吾是以知无为之有益[1]。不言之教，无为之益，天下希及之。

【语译】

天下最柔弱的东西，能驾驭天下最坚强的东西。道是无微不入的，这一无形的力量，能穿透没有间隙的东西。因此我才知道无为的益处。但是像这样的道理——不言的教导，无为的益处，天下很少人懂得，也很少人能做得到。

屠夫的寓言："无有入无间"

《庄子》之《养生主》

有一个厨子替文惠君宰牛，举凡用手抓、用肩扛、用脚踩、用膝抵、用刀割等动作，以及牛的皮肉分离声、刀的割切声，没有一样不合乎节拍，像是《桑林》

的舞曲，又像煞了《经首》的节奏。

文惠君不觉赞叹道："太棒了！你的技巧真是出神入化。"

厨子放下刀来回答："我所喜欢的不只是手艺，还有道。当初我刚学杀牛的时候，看见的是一只完整的牛；三年后，在我眼中的已不是全牛，而是牛体的关节；而今杀牛，我再也用不着用眼耳来操纵，而只用运神顺着牛体的结构，以刀击开骨节连接的空隙。我甚至可以不碰筋骨和肌肉相连处，更别说去碰大骨了。

"技术高明的厨子，每年得换一把刀，因为他用刀割肉；普通的厨子，每月要换一把刀，因为他用力去砍骨头；而我的刀用了十九年，杀了几千头牛，刀口却没有厚度，用没有厚度的刀插入骨节间的空隙，活动的空间自然是绰绰有余，这把刀就这样使用了十九年。

"虽然如此，每当碰到筋骨交错难辨的地方，我还是会特别仔细，集中注意力，慢慢地动手。只要我稍一动刀，牛的肢体就好像堆在地上的土块一样分散开来。然后我提起刀四处看了看，再带着满意的心情，把刀擦净了收起来。"

文惠君听后，恍然说道："由你这番话，我已得到了养生的妙道。"[2]

请参看第二章和第五十六章的不言之教，庄子就"以语言传达思想的不当"来说明此观念。

第四十四章　知　足

　　名与身孰亲？身与货孰多？得与亡孰病？是故甚爱必大费，多藏必厚亡。知足不辱，知止不殆，可以长久。

【语译】

　　身外的声名和自己的生命比起来，哪一样亲切？身外的财货和自己的生命比起来，哪一样贵重？得到名利与失掉生命，哪一样对我有害呢？

　　由此可知：过分地爱名，就必要付出重大的损耗；要收藏喜爱的东西，将来亡失的也就更多。只有知足知止，才可不受大辱，不遭危险，而生命也必能得以久存。

▍庄子游于果园

《庄子》之《山木》

　　有一天，庄周到雕陵果园游玩，看见一只从南方飞来的鹊鸟，翅膀有七尺宽，眼睛的直径有一寸长。这只鸟碰到庄子的额头，停在不远的栗林里。

庄子自语道："这是什么鸟？翅膀大却不高飞，眼睛大却不看人。"

于是提起衣角追了过去，手里还拿着弹弓准备射它。就在这时，一幕景象从他眼前掠过：一只躲在树荫下的蝉，贪图舒适，没有注意到在它身后正要举起臂膀来捉它的螳螂；螳螂只顾着捕蝉，竟没有观察到鹊鸟的窥伺；而鹊鸟为了贪利，也忽视了藏于一侧正要捕捉它的庄子。

这一刹那，庄子蓦地心惊道："物类本是只顾眼前的利欲，而忽略了身后的祸害啊！有心谋害他物的，又何尝不会为自己带来灾害呢？"因此，抛掉弹弓，掉头就走。管果园的人以为他要偷栗子，就追在后面大声斥骂。

庄子回来后，接连三天，心情都不愉快，他的弟子蔺且问他说："这几天老师为什么不愉快？"庄子回答："我只顾和外物接触，竟忘掉了自身所处的环境，好像看惯了浊水，突然看到清渊，反倒迷糊起来一样。我曾听先生（老子）说过：'到那个地方，就要守那个地方的风俗习惯。'前日我到雕陵玩，忘了身处的环境，跟着一只怪鹊到栗林里，没想到竟受到果园看守的侮辱，把我当做小偷看待，这就是我不愉快的原因啊！"

论丧失本性
《庄子》之《大宗师》

因为求名而丧失本性的人，就不是有道的人。他不但不能役使世人，反而会被世人所用，就像狐不偕、务光、伯夷、叔齐、箕子胥余、纪他、申徒狄等人，受别人役使，为别人牺牲，反让自己得不到安适。

孔子接受道家的忠告
《庄子》之《山木》

　　孔子问子桑雽说："我在鲁国两次被驱逐出境，在宋国遭到'砍树'的祸患，在卫国受到'禁足'的耻辱，在商、周穷途潦倒，在陈、蔡又被围困。遭受了这些祸害，使得亲戚疏远了我，弟子、朋友也相继离我而去，这到底是什么原因呢？"

　　子桑雽答道："你难道没有听过假国人逃亡的故事吗？假国亡了，林回抛弃了价值千金的美玉，背小孩亡命他乡。有人问他说：'你这么做是图钱财，还是怕累赘？如果是为了钱财，那小孩还不如美玉值钱；如果是怕拖累，那小孩又比美玉累赘多了。假如不是这个原因，那么你这么做到底是为什么？'

　　"林回说道：'留着美玉只不过是图利，小孩与我却是天性的结合。'

　　"凡是因利而合的，在遇到灾难时，必会相互抛弃；因天性而相聚，遇到灾难时，必会彼此收容，这两者的差距究竟有多大，实非笔墨可以形容的啊！

　　"再说，君子的结交平淡如清水；小人的结交甜美如甘饴。君子以道而合，所以能永远相亲；小人以利而聚，所以能绝情绝义。因此，那偶然结合的，当然也会无故地分离。"

　　孔子听后，言道："敬谢你的教诲。"便缓步自得地走了回去。从此，他摒弃了书籍，不再教授学生。然而，虽然学生在那儿学不到什么，师生的感情却比以前浓厚了许多。

了解性命之情的人
《庄子》之《达生》

　　了解性命之情的人，不做无益于生命的分外事；通达命运之理的人，不做命运勉强不来的事。人须依靠物质来强身，但是物质富足却不能强身的人，并不在少数；人有形体才有生命，但是徒具形体却丧失性命之情的人，更是多不胜数。

　　悲哀啊！我们阻止不了生命的降生，也无法避免生命的死亡。世间的人总以为有了形体，就可以保全生命，然而如果养形保不了性命，那世间还有什么值得做的事呢？尽管不值得做，却又不能不做，乃是因为那是人分内的事啊！

　　若想避免养形，就得抛弃世俗之见，不去做分外的事；能够抛弃世俗之见，就不会有系累；没有系累就合于平静之道；新的生命也就随之开始；人只要有了新生，就近于大道了。

　　那么，为什么要抛弃俗事？为什么要忘掉生命呢？抛弃俗事就不会劳形，遗忘生命，精神便不会亏损，能做到这个地步，也就能与天合而为一了。

　　天地，是万物的父母。当它的精神与万物相合时，便产生形体；与万物分离，也就复归为始。

　　在庄子的作品里，有三四篇关于他轻蔑官职的趣闻，下面给各位介绍其中的两篇。

庄子拒受官职
《庄子》之《秋水》

　　庄子在濮水旁钓鱼，楚威王派了两个大夫来看他，并且要他们代传旨意。这两个大夫见到庄子，便急忙说："大王要把楚国的事托付给你了。"

　　庄子手执鱼竿，头也不回："听说楚国有个神龟，活了三千年才死，楚王用布把它包在匣子里，然后藏在庙堂的上面。现在我请问你们，如果你们是这只神龟，是愿意死后留着骨骸让人崇仰呢，还是宁愿活着拖着尾巴在烂泥里爬？"

　　两个大夫回答："当然愿意拖着尾巴在烂泥里爬。"

　　庄子也跟着说道："那好！你们回去吧！我宁愿拖着尾巴在烂泥里爬行。"

　　惠子做了梁国的宰相，庄子打算去看他。于是，有人便对惠子说："庄子要来取代你的相位了。"惠子听了很害怕，便在国内花了三天三夜找庄子。

　　第四天，庄子才去见他，并说："你可知道南方有只名叫鹓雏的鸟？它从南海飞到北海，一路上不是梧桐不栖止，不是竹实不去吃，没有甘泉便不饮。快要到达的时候，它看到了一只猫头鹰，正得着一只腐烂的老鼠，在那儿沾沾自喜，一眼瞧见鹓雏飞过，唯恐夺走了自己的老鼠，便昂起头向着鹓雏怒吼。现在，你也想以你的梁国向我怒吼吗？"

第四十五章 清 正

大成若缺[3]，其用不弊；大盈若冲，其用不穷。大直若屈，大巧若拙，大辩若讷。静胜躁，寒胜热，清静为天下正。

【语译】

最完满的东西，因物而成，看起来好像有欠缺的样子，但是它的作用却永不会停竭；最充实的东西，因物而有，看起来好像虚空的样子，但它的作用却没有穷尽。

最直的东西，随物而直，看起来好像屈曲的样子；最灵巧的东西，因自然而成器，不强为造作，看起来好像很笨拙的样子；最卓越的辩才，因礼而言，不强事争辩，看起来仿佛是口讷的样子。因此，体道的人，自可做到无为而无不为。

治理天下的人，更当随时体道而行，要明察寒、静可以克服热、躁。能执守清静无为之道，也就可做人民的模范，使万物各得其所。

　　"大成若缺"——请参阅第二章之一庄子所说的："所谓成就是毁，毁就是成。万物本就无成也无毁，而是通达为一的。"

　　"大巧若拙"——请参阅第十九章之一的相同引句。

　　"大辩若讷"——请参阅第二章之三庄子的说辞："所以说，辩论的发生，乃是不曾见到大道的缘故……雄辩的人，不会用是非之论去屈服人。"

　　"清静为天下正"——请参阅第三十七章之一及第三十七章之二，用相同的句型道出本思想的发展过程。

第四十六章　走　马

天下有道，却走马以粪；天下无道，戎马生于郊。祸莫大于不知足，咎莫大于欲得。故知足之足，常足矣。

【语译】

天下有道，人人知足知止，国与国间没有战争，善跑的马拉到田野，作为犁田之用；天下无道，人人贪欲无厌，国与国间争战频仍，所有的马用来征战，甚至连母马都要在荒郊生产，这就象征将有亡国之祸了。

由此看来，祸患没有大于贪得不知足的了，罪过没有大于贪得无厌的了。治国如此，做人又何尝不是如此？只有知足知止，这种知足，才是永远的满足。

老子的书中，常有以内容作为"章名"的标题，本章就是最好的证明，前一章也是如此。当然，章节的区分并不是出自老子之手，而是早期的编注者所为。

　　我曾在"绪论"中谈到，庄子不常讲知足的观念，或许是他不善传道吧！他也很少提到老子的德行之教——"谦恭"一词。不过，老子的"知足"，也正是庄子轻视物质（财富与地位）享受的另一个代名词。有关庄子"知足"的思想，我只能在庄子全文中发掘出一二稍具代表性的介绍给各位。

山雀
《庄子》之《逍遥游》

　　山雀在深林筑巢，所占不过一根树枝；大鼠到河边饮水，不过把肚子填饱而已。

第四十七章　求　知

不出户，知天下；不窥牖，见天道。其出弥远，
其知弥少。是以圣人不行而知，不见而明，不为而成。

【语译】

万物万事皆有总原理；天下虽大，若能知天下之
所以为天下的道理，不需出户，就可以知天下；天道
虽广，若能知天道之所以为天道的道理，不看窗外，
就可以知道自然的法则。

如果一定要出户，外看以求知求见，反而会离道
愈远，所知愈少。所以明白道体的圣人，不待远求，
天下的事理就可知道；不观察外界，就可说出自然的
法则；不造作施为，就可使万物自化而有成。

在老子的作品里，有些被近代道家取来研究法术
和招魂术的词句，在庄子的著作中出现得尤其多。这
个思想的形成，乃是起因于心灵胜过实体的观念。本

章和第五十、第五十九章的部分论说都针对此点，提供了某些暗示。

老子稍微提到的"避死和不朽术"，竟成了近代道家稗史的主体。因此，某些超自然的信仰者，更在庄子和列子的作品中，找到了不少证明他们信仰的学说。以下描述的，就是早期的瑜伽术。

孔子论"心斋"

《庄子》之《人间世》

颜回说："我家贫穷，几乎有好几个月不曾喝过酒，不曾吃过荤，这样算不算是斋戒？"

孔子答道："这是祭祀的斋戒，不是心的斋戒。"

颜回问："请问什么叫做'心的'斋戒？"

孔子说："就是集中精神、专心一致的意思。记着，用耳去听用心去听，不如以气去听。耳朵听的是没有意义的声音，心意领会的是无常的现象，唯有气才是空虚而能容纳的一切。所谓的真道也就存在于这虚空的境界中。这个'虚空'便是所谓的'心斋'。"

颜回又问："我之所以没有运用此法，是因为感觉到自己是存在的，如果接受了这个方法，就不会有这种自我存在的感觉，那么，这算得上是'虚'吗？"

孔子说："这就是心斋的妙处。我告诉你它的原因何在……且看那空虚的地方：因为室内虚空，所以才有光明；因为心神静止，所以吉祥才会聚集。如果心神不能静止，则虽身体静坐，精神仍是奔驰于外的。你还是摒弃心智，让耳目向内集中吧！"

第四十八章　以无为取天下

　　为学日益，为道日损。损之又损，以至于无为。无为而无不为。取天下常以无事[4]，及其有事[5]，不足以取天下。

【语译】

　　为学可以日渐增加知见，为道可以日渐除去情欲。能把为学日益的妄念去了又去，减了又减，把知欲都损尽了，最后便能到达无为的境界。既到了无为的境地，便与道同体，自然也就能无为而无不为了。无为则何愁治理不好天下？反之，若强恃自己的智能一意孤行，又何以能治理天下？

　　"为学日益，为道日损，损之又损，以至于无为。"——《庄子·知北游》也有相同的引文。

　　无为的学说一向不易了解，若以科学的眼光来解释，便是"利用自然达成目的"的意思。就无为的影响力，庄子写下了一篇最好的明证："以火救火，以水救水，名之曰益多，顺始无穷。"——《庄子·人间世》；并再参阅第四十三章之一的"屠夫的寓言"。

第四十九章　民　心

　　圣人无常心^[6]，以百姓心为心。善者吾善之，不善者吾亦善之，德善。信者吾信之，不信者吾亦信之，德信。圣人在天下，歙歙焉；为天下，浑其心。百姓皆注其耳目，圣人皆孩之。

【语译】

　　圣人没有成见，而以百姓的意见为意见。百姓善良的，固然善待他们；百姓不善良的，不但不摒弃，反而更加善待他们。因为圣人是各因其用而用之，绝不失其善，这样人人自然都会同归于善。百姓信实的，固然要以信对待；百姓不信实的，更应以诚信对待，因为圣人是只守信实，不知虚伪，惟其如此，所以才能化去虚伪，使人人同归于信实。

　　圣人治理天下，是无私无欲，无莫无适的。在他的治理下，百姓也是浑朴没有机心，因为圣人对待他们，就好像对自己的孩子一般爱护，务期使他们各顺其性。

老、庄教导贤明的君主，要让百姓自己判决事情，自己生活，而君主本身，不但不能以自己的意见限制百姓的思想，甚至还应以人民的意见来引导自己。

圣人接受百姓的意见并据为己有
《庄子》之《在宥》

世俗的人，都喜欢别人的意见和自己的相同，而厌恶别人的意见和自己的相反。他们这种好恶的心理，主要还是想胜过别人罢了！但是，他们果真能超出众人之上吗？与其如此，还不如听任众人的见闻，以求心灵的安宁，若想徒逞自己的才技，不但胜不了别人，反而还会比不上别人。

治理国家的人，只看见三王治理天下的利益，不见逞才而治的祸患。他们存着侥幸的心理拿别人的国家去求利，又怎么会不因这种心理而丧失别人的国家呢？若想保存别人的国家，可说万分之一的机会都没有。如此一来，丧失国土，恐怕一万个国家都不够丢失的。可悲啊！这是治国的人不知道的事啊！

随民
《庄子》之《在宥》

万物虽贱，却又不能不任其自然；百姓虽卑，却又不能不随从。

第五十章　养　生

出生入死。生之徒十有三[7]，死之徒十有三。人之生，动之于死地，亦十有三。夫何故？以其生生之厚。盖闻善摄生者，陆行不遇兕虎，入军不被甲兵。兕无所投其角，虎无所用其爪，兵无所容其刃。夫何故？以其无死地[8]。

【语译】

人始于生而终于死。当人生的时候，四肢九窍都属于生；当人死的时候，四肢九窍也都属于死。再看人生的过程，自幼至死，中间有许多劳动，动必有损，以至四肢九窍也都归向了死地。这是什么缘故？实在是因为愈看重肉体，愈保不住它啊！

听说善养生的人，在陆上行走，遇不见攻击的牛虎；在军中作战，碰不到杀伤人的兵刃。牛虽凶悍，却无法以角来攻击；虎虽勇猛，爪子也没了用处；刀刃虽利，却难以使用。这乃是因为善养生的人，绝不进入致死的境地。

　　一些年轻的道家，常把老子的哲学思想拿来作为自己的诗集主旨。有关生之悲哀和死之神秘这方面的感触，老子虽有，却很少提到。而庄子，不但慨叹世俗生命的短促，对死亡的神秘感到迷惑，而且以天赋的诗人文笔，写下了自己的感言。

　　以下便是庄子最优美的篇章——生死谈。

生是死的结束，死是生的开始
《庄子》之《知北游》

　　谁知道生死两方面的关联性？人所以能生，是因为气的集聚，气聚便是生，气散就是死。生死原是互为循环，我又何必为此忧虑？人们喜欢生的神奇，厌恶死的腐臭，岂不知臭腐会转为神奇，神奇又将化为臭腐。万物本就是一体的啊！

人类灵魂的颤动
《庄子》之《齐物论》

　　人的灵魂在睡时关闭也好，醒后活动也好，其和环境都脱不了争斗关系。不管那是宽大懒散的人，或深沉狡猾、谨密小心的人，只要他们心意一动，随之而来的，不是提心吊胆，就是丧魂失魄。

　　他们的心神像是射出去的利箭，专门窥伺别人的是非以便攻击；又好像突发的咒语，在耐心等候制胜的机会。如此驰逐竞争，使他们的精神像萧飒的秋冬一样，一天天消沉下去，无法自拔，更别说恢复本性。最后，这衰微的心灵日渐枯竭，慢慢走向死亡。

人的心灵，时而欣喜，时而愤怒，时而悲哀，时而欢乐，时而忧虑长叹，时而犹豫固执，时而轻佻放纵，时而张狂作态，好像气息吹进虚寂的窍孔所发出的声音，又像是地气蒸发凝结成的朝氲。

这些变化，日夜轮流替代，呈现在我们眼前，可是遗憾的是不知它们来自何处？如果真能领悟，便不难了解宇宙间生生化化的道理了。

如果没有这些情绪的变化，就没有我；如果没有我，又哪能感觉出它们的演变？可见我与它们是最接近的，然而却又不知它们是受谁的主使。仿佛真有个"灵魂"存在。尽管看不到它的形迹，倒可看到它的作用；尽管看不到它的形状，却知它本就是真实的存在。

再以人体来比喻：人体具备了百骸、九窍、六脏等各部。在这些成分中，人最喜欢哪一个？是全都喜欢，还是偏爱哪一个？或是把它们当服侍我的臣仆看待？若是臣仆，它们的行为就是被动的，当然就意味着有某个"灵魂"在控制它们。

你知道这"真灵"也罢，不知道也罢，对它的真实性并不会有什么增损。人既生，就有形体；有形体，就有死亡。纵然不是立即死去，也不过偷生世上，坐待死神的降临罢了。就这样天天和外来的事物抵触，看着光阴飞逝而过，却又无法阻止，岂不是太可悲了吗？

终身劳碌，见不到辛苦的果实；疲累至死，不知道自己的归宿。这样的人生岂不太可叹、太可怜了吗？有人或认为形体无恙，便不会死亡，但是，这又有什么意思？要知道，形体一旦死亡，精神和心灵也随着毁灭，这才是最大的悲哀！

人生在世，原就是这样迷糊吗？还是只有我迷糊，别人不迷糊？

梦见饮酒作乐的人，醒后反遇悲伤的事
《庄子》之《齐物论》《大宗师》

我怎知道贪生不是迷惑，怕死不是像流落异乡的孤儿？

丽姬是艾地封疆官的女儿，当晋王迎娶她的时候，哭得像个泪人似的。等她到了晋王的宫里，和晋王睡在舒适的床上，吃着美味的菜蔬肉羹，这才懊悔当初不该哭泣。我怎知道死了的人，不会像丽姬那样，懊悔当初不该求生呢？

梦见饮酒作乐的人，早晨起来却碰到悲伤哭泣的事；梦见伤心痛哭的，醒后反有像打猎那样快乐的事发生。当人在梦境中，并不晓得那是梦；而人生在世深入迷途，又像在做梦一般；人在梦醒后，才知道以前是梦；人死了譬如大醒，那时才知道人生也不过是一场大梦而已。

可是有些愚蠢的人，不知道自己是活在梦中，还以为自己清醒得很，一副什么都知道的神情。整天君呀、民呀、贵呀、贱呀，喊个不停！真是执迷不悟，心胸狭窄极了。

孔丘和你都在做梦，说你们做梦的我也是在做梦。这些话常人听了，必以为怪异。但在万世之后，还怕遇不到一个解得开这个道理的大圣人吗？

"古时候的真人，不知道喜爱生存，也不知道憎恨死亡。"

人生短促
《庄子》之《知北游》

人生于天地之间，就像白驹穿过石隙一般，转瞬即逝。万物突然生，突然长，又突然地衰退死亡，莫不是顺着自然的变化而来。但是生物却因此而哀伤，人类更因此而悲痛。其实，离开人世就好像解开自然的束

缚，毁坏自然的剑囊一样，魂魄 [9] 走向哪里，形体也跟着走向哪里。

孟孙才的死：本身就是一场梦
《庄子》之《大宗师》

颜回问孔子说："孟孙才的母亲死了，他没有掉眼泪，心不觉难过，居丧不悲哀。三种悲哀的表示，他一项都没有，反而以善于居丧闻名鲁国，这不是虚有其名吗？"

孔子答道："孟孙才已经尽了居丧之道，他比知道丧礼的人更精进了一层。丧事本应简化，只是世俗难以办到，而他已经有所简化了。他不知什么是生，什么是死；不知迷恋生前，也不知追求死后；仅把生死看做物的变化，一味听从那不可知的演变而已。

"人的形体无时不在变化，哪能晓得那不变化的是什么。人的精神是不变的，又哪里晓得那形体已变化了呢。我和你还是在梦中啊！孟孙氏突然遇着形体上的变化，却并不以此连累他的心神。他以为，形体上的变化并不是真死，而是搬了新居。他之所以哭，乃是随别人哭而哭，他的心却是毫无感觉可言。

"人们常以暂有的形体说道：'这是我！这是我！'其实，这个'我'果真是自己吗？譬如你曾梦作鸟在空中翱翔，梦作鱼在水底戏游，那么在这里和我谈话的你，是醒着的你？还是做梦的鱼鸟？

"偶然碰到如意的事，来不及笑；真正从内心发出的笑声，事先也来不及安排。因此，唯有安于造物者的安排，忘却生死，顺着自然的变化，才能进入虚无的境界，与天合为一体。"

庄子梦为蝴蝶

《庄子》之《齐物论》

从前，我（庄周）曾做过一个梦，梦到自己变成了一只活生生的蝴蝶，在花丛间高兴地飞舞着，那时候的我，丝毫不知自己就是庄周。醒来后，看见自己仍是人形，不觉迷惑半晌：到底是我做梦变成蝴蝶呢？还是蝴蝶做梦变成了我？我和蝴蝶一定有分别了。

但是在梦里，我和蝴蝶，何尝有分别？说我是蝴蝶可以，说蝴蝶是我又有什么不可？这就叫做"物化"[10]——形象的变化。

广成子论不朽

《庄子》之《在宥》

黄帝在位十九年，教令通行天下，民心因而归向。一天，黄帝听说广成子在崆峒山上隐居，便亲自去看他，说："听说先生已经达到至道的境界，请问至道的精气是什么？我想用天地的精气，助长五谷的成熟，以养百姓；又想调和阴阳，以顺万物的情性。"

广成子说："你所问的，是万物的本质；你想做的，却是摧残万物。自你治理天下以来，云气没有集中就下雨；草本没有枯黄便凋落；日月的光辉，也逐渐昏暗不明。像你这样浅陋的心志，又有什么资格来谈至道的境界？"

于是黄帝躬身而退。回去后，便抛弃了王位，盖了一间清静的小屋，坐在洁白的茅草上静思。这样过了三个月，他又来拜望广成子。

广成子朝南而卧，黄帝顺着下风，跪行而上，深拜叩头说："先生已达至道的境界，请问如何修身才可以长久生存？"

广成子惊奇地坐起来，说道："问得好！来！我告诉你至道的境界。

至道的精气，幽远而不可穷究；至道的极境，细微而无法看见。

"不要求去看，不要求去听，专一精神，清静无为，形体自然会走向正道；必定要静寂，必定要清心，不要劳动你的形体，不要动摇你的精神，自然就可以长生。

"因为，眼睛不看，耳朵不听，心里就不会思虑，精神自会与形体冥合，形体也就长生了。不要动摇你的心志，不要因外物而动心，因为多用心智，乃是祸害的根源。

"如果能做到这些，我定助你上太虚的空中，进至阳的境地；我还会引你到幽远寂寥的至阴之地。天地万物各有功用，阴阳两气也各守其根！你只要注意修身，万物自会茁壮，又何必劳心为它经营？我就是因为专处于恬淡的境地，所以至今一千二百岁了还不见衰老。"

黄帝再三叩头说："广成子可说是和天同体了。"

广成子又说："来，我再告诉你：万物的变化没有穷尽，世人却以为有终始；万物的变化不可测量，世人却以为是有极限。得到我'道'的人，在上可以为皇，在下可以为王；丧失我'道'的人，活时只能看日月之光，死后也不过是一堆土壤。

"如今万物生于土地葬于土地，而我却要带着你，经无穷的道途，游无垠的旷野。我和日月一样光明，和天地同样长久。在我之前，万物泯然而不知；在我之后，万物更是昏暗而无识。众人认为有生有死，所以必有死尽的一天；唯有了解生死如一的我，方能永远长存。"

至道的人不会受到伤害
《庄子》之《秋水》

河伯说："既如此，道有什么可贵的呢？"

北海若答道："知道大道的，必定通达事理；通达事理的，必能明白权变；明白权变的人，不会让外物来伤害自己。至德的人，火不能烧死他，水无法淹死他，寒暑也损害不了他，禽兽更伤不了他。这并不是说靠近它们而不受损伤，乃是因为他能辨别安宁和危险；安守穷困和通达；进退都非常小心，所以才没有物能伤害他。"

第五十一章　玄　德

　　道生之，德畜之，物形之，势成之。是以万物莫不尊道而贵德。道之尊，德之贵，夫莫之命而常自然。故道生之，德畜之，长之育之，亭之毒之，养之覆之。生而不有，为而不恃，长而不宰。是谓玄德。

【语译】

　　道为天下之母，所以万物皆从道生，随之便有了蓄养之德；既生既蓄，物才能为物；物既为物自然就有了貌像声色；物既成形，则形形相生，产生了无穷尽的万物；这一切的形式，乃是由于一个名叫"势"的力量在其中操纵。

　　万物既从道生，所以莫不尊道；既受德蓄，所以莫不贵德。但是道虽尊，德虽贵，却不自以为尊，自以为贵。它施于物的，并不是有心命物，而是让物各自为生，各自以蓄。

　　所以说，道虽化生万物，德虽蓄养万物，虽长育、安定、覆养万物，却是化生而不为己有，兴任而不恃己能，长养而不自以为主宰。像这样微妙深远的力量，就是玄德了。

"万物受它的蓄养，却不知它是什么，这个它就是本根。了解本根的道理，便可通达于天地。"——参阅第六章之一（《庄子》之《知北游》）。

"为而不恃，长而不宰"，在庄子《达生篇》中也曾出现过类似的文句。

第五十二章　袭常道

天下有始，以为天下母。既得其母，以知其子；既知其子，复守其母，没身不殆。塞其兑，闭其门，终生不勤；开其兑，济其事，终身不救。见小曰明，守柔曰强。用其光，复归其明，无遗身殃。是谓习常。

【语译】

天地万物都有本源，这个本源就是道；道创生天地万物，所以也是天地万物之母。既能认知天地万物之母的道，就可以认识天地万物，既能认识天地万物，又能秉守这个创造天地万物的道，那么，终身就不会遭到伤害，没有任何危险了。

若以道为依归，便不可妄用聪明，应该守其母，知其子，这样一来虽万物纷纭于前，也可相安无事，终身不劳；若妄用自己的聪明，专恃自己的才能，那就终身无可救治了。

能察见微小的道根，守住柔弱的道体；再以道根之小为明，道体之柔为强，方不致祸及本身。也就是因道而行，凡事必可"无为而无不为"的道理。

　　本章由"母"提到万物之源的"道"，再从"子"谈到宇宙万物，这一连串的叙述，正是道显现的形态。若能了解宇宙万物来自同源的道理，精神方面便可获得"压倒万物之性"的解放。

论"万物为一"的知与不知
《庄子》之《齐物论》

　　只有得道明达的人，才能了解这通而为一的道理。人们不知道这个道理，反劳心费神去求道的一贯，却不知万物本就没有什么分别，这种情形和"朝三"的意思又有何不同？什么叫做"朝三"呢？

　　据说从前宋国有个养猴子的老人，分栗子给猴子吃的时候，先向它们说："早上吃三个，晚上吃四个。"猴子以为太少，全都发起怒来。老人换个语气又说："那么，早上吃四个，晚上吃三个。"猴子听了，都高兴得跳了起来。其实，数量不曾改变，只是利用猴子喜怒的情感来顺应它们罢了。这和固执己见、劳神求"一"的心理有何分别？

　　所以圣人调和万物，以自然去平息是非的争论，使物、我各得其民，并行不碍。

道通
《庄子》之《庚桑楚》

　　道是通而为一的，而万物的生成就是毁灭。万物所以毁灭的原因，就是在区别万物的时候，它们已违反了道通为一的原则，而各备其体。

　　人本就各备其体，所以只知心驰外物，不知返回本源，其结果不是自以为得，就是迷灭了本性。自以为得，不过是得到死的预兆；徒具形体，没有本性，宛如行尸走肉，只可说是鬼的一种罢了。

　　唯有那能以有形的身体，达到忘我境界的人，心灵才能得到安定。

圣人随物而安
《庄子》之《列御寇》

　　圣人任凭物性的本根，不违反物性来顺从自己；众人违反本性去追逐外物，却不使物性来顺应自然。

第五十三章 盗 夸

使我介然有知，行于大道，唯施是畏。大道甚夷，而民好径。朝甚除，田甚芜，仓甚虚；服文彩，带利剑，厌饮食，财货有余，是谓盗夸。非道也哉！

【语译】

假若我稍为有些认识，那么，行于大道时，必定小心谨慎，唯恐走入邪路。奇怪的是大道如此不稳，而人君却喜欢舍弃正路，去寻小径邪路前行。

因为人君不遵守大道，结果才使朝政腐败混乱，田地荒芜，仓廪空虚。此外，他又外服锦绣纹彩来修饰外表的美观；身带利剑来夸耀自己的强悍，一心只知目前的享受，只顾自己的财货有余，不想往后的艰难岁月。

这样的人君，真可称为强盗的头目，同时也必然教人民为盗。教人为盗的，不但不合乎大道，反损毁了大道，这是在自取灭亡啊！

为猪设想
《庄子》之《达生》

主祭官穿着礼服来到猪圈前面，向要祭祀的猪说："你讨厌死吗？我饱养你三个月，十天戒、三天斋，然后用白茅铺座位，把你的肩臀放在雕饰的祭器上，难道你还不愿意有这份殊荣？"

接着他假想自己是猪的话，一定会这么回答："我宁愿你用糟糠养我，只要能把我放在牢圈里，我就心满意足了。"

但是，当他为自己打算时，便无所谓牢笼，凡能让他"生时富贵，死有棺椁"的事，他都愿意去做。他为猪打算，不愿做；为自己打算，却愿为。猪和他究竟有什么不同？

论至乐
《庄子》之《至乐》

天下到底有没有真正的快乐？有没有保身活命的方法？答案是有，只是世人不知如何取舍罢了！他们不知道应该怎么去做，应该依据什么，避免什么，保守什么，离弃什么，喜爱什么和厌恨什么。

人们赞美的是：长命，富贵和幸运。喜欢的是：身体的安适，饮食的合口，装饰的华丽，色欲的满足，音乐的悦耳。所厌恨的是：穷困和卑贱，死亡和疾病。引以为苦的是：身体不得安逸，嘴吃不到美味，身穿不着华服，眼看不到美色，耳听不到悦音。

如果得不到这些形体上的满足，人们就开始忧愁起来。唉！这么费心为形体着想，不是太愚蠢了吗？富人劳苦身体，勤奋做事，积了不少钱财，自己却不能完全使用，这是在苛虐自己的形体。贵人夜以继日为自己地位的安危着想，这是在疏忽自己的形体啊！

　　而世上的人既有生，总离不了忧愁，年寿愈长，忧虑也就愈久，却又不能立即就死，若是这样保存生命，未免太悲苦了。

　　烈士受天下人称善，却不能保存自己的生命。我不知道这个善，是真善还是不善。若说他是善，为何他连自己的生命都保不住？若说他不善，他却又能保存别人的生命……

　　如今世俗所做的事，和他们所说的快乐，我不知那究竟是真的快乐，还是假的快乐。看那世俗所喜欢称道的和群起争赴的事，都像是迫不得已而为的样子，可是他们嘴里还不住地说道："这是快乐。"我既不认为那是快乐，也不以为那是不快乐。那么，世间到底有没有真正的快乐呢？

　　我以为清静无为是真快乐，而世人又认为这太苦了。所以说："真正的快乐，是忘却一切形体上的快乐；真正的荣誉，是离弃一切美好的荣誉。"

第五十四章　身与邦

　　善建者不拔，善抱者不脱，子孙以祭祀不辍。修之于身，其德乃真；修之于家，其德乃余；修之于乡，其德乃长；修之于邦，其德乃丰。修之于天下，其德乃普。故以身观身，以家观家，以乡观乡，以邦观邦，以天下观天下。吾何以知天下然哉？以此。

【语译】

　　天下有形的东西，容易被拔去；有形的执著，容易被取走。唯有善于建德持道的人，建于心，持于内，也就不能拔去了。若能世世遵从这个道理而行，则社稷宗庙的祭祀，必将代代相传不绝。

　　拿这种道理贯彻到修身，必定内德充实，不需外求；身既具备以道理，再贯彻到治家，则必德化家人而有余；以此德行贯彻到治乡，必能德化乡人而受尊崇；以之贯彻到邦国，必能德化邦国而丰盛；以之贯彻到天下，也势必能普遍地德化天下人。

德行既修，便可以我一身观照各人；以我一家，观照其他各家；以我一国，观照其他各国；以我现在的天下，观照现在和未来的天下。至于谈到我何以能够知道天下的情况呢？那就是由于这一道理。

本章前两句的意思，主要是对"可见的策略"采不信任的态度。这个意思，特别是在第二十七章的开始，描写得极为详细。

"要防备开箱、探囊、倒柜的小偷偷窃，必定要把箱柜等东西用绳子绑好，用锁锁好；这么做的人，便是世上所谓的聪明人。但是，一旦大盗来了，背着柜，提起箱，挑着行囊而跑，他还唯恐绳子捆得不紧，锁拴得不牢呢。"——第十九章之一（《庄子·胠箧》）

孔子观人的九种特征
《庄子》之《列御寇》

孔子说："人心比山川还要险恶，比天道还难推测。"天还有春、夏、秋、冬四季的变化和早晚的区别；人的内心却深藏在外貌的后面，叫人无法了解。

有的人外貌谨慎，行为却傲慢无礼；有人貌似聪明，却满肚子愚鲁；有人形貌顺从，内心却轻佻无比；有貌似坚强，内心软弱的人；也有貌似宽静，内心急躁的人。这些人饥不择食地急急趋向仁义，又像避热逃火地迅速舍弃了它。

因此，君子要任用某人时，必得先用下面几种方法来试探他是属于哪类的人：远离他，看他是否忠心；亲近他，看他是否有礼；吩咐他做繁杂事，看他是否有才能；突然问他，看他是否多智；限定期限，看他是否守信；委托钱财，看他有没有仁心；告诉他危险的事，看他会不会变节；让他酒醉，看他是否守法；处于混杂的地方，看他是否会淫乱。有这九种试验，是否是不肖之徒便可以看出来了。

第五十五章　赤子之德

　　含德之厚[11]，比于赤子。毒虫不螫，猛兽不据，攫鸟不搏，骨弱筋柔而握固；未知牝牡之合而朘作，精之至也。终日号而不嗄，和之至也。知和曰常，知常曰明，益生曰祥，心[12]使气曰强。物壮则老，谓之不道；不道早已[13]。

【语译】

　　含德深厚的，可以和天真无邪的婴儿相比。至德是柔弱和顺的，赤子也是如此。他不识不知，无心无欲，完全是一团天理的组合，所以毒虫见了不螫他，猛兽见了不伤他，鸷鸟见了不害他。他的筋骨虽很柔弱，但握起小拳来，却是很紧。他并不知雌雄交合的事情，但其小生殖器却常常勃起，这是因为他的精气充足的关系；他终日号哭，嗓子并不沙哑，这是因为他元气醇和的关系。

　　调理相对的事物叫做醇和，认识醇和的道理叫做常；常是无所不至，所以认识它就叫做明。以常道养生，含德自然是最厚。若不以常道养生，含德自然是最薄。若不以常道养生，纵欲不顺自然，不但没有好处，反会招来祸患。欲念主使和气就是刚强，刚强总是支持不了多久的。

道是以柔为强，若是勉强为强，便不合道的叫做物，物由壮至老，由老至死，便是因为它强为道的缘故。因此，真正道的强，柔弱冲和，比如赤子，任何东西都加害不了它的。

庄子最受人喜爱的格言便是对"全性"、"全德"、"全才'、"全形"的描述，这和老子"守其性"及"力量之源"的思想，完全相符。

他们都以"赤子"和"小牛"作为"纯德"的征象，这个征象也就是圣人的"全德"。另外，庄子还借用"丑者"和"残缺者"，为"身体的不全"和"精神的至善"两方面，作了一个对照。

全才：哀骀它
《庄子》之《德充符》

鲁哀公问孔子说："卫国有一个面貌丑陋的人，名叫哀骀它。不但男人和他相处，都不想离开他，甚至见了他的妇女，也向父母要求说，与其做别人的妻子，不如做他的妾。因此，他的妻妾不下数十位，而且还有继续增多的可能。

"不曾听说他倡导过什么，只见他一味地应和人而已。不但如此，他既没有权位救别人的灾难，没有爵禄去养活别人，面貌又丑陋不堪，除了应和别人外，只有'不思索身外的事'这样的特长。那么为什么见了他的男女都如此亲附他呢？想必他一定有异乎常人的地方吧！

"于是，我把他召来一看。果然面貌丑得惊人。可是，和他相处不到一月，我便发现他有过人之处；不到一年，我竟万分信任他了。那时国家正没有主持国政的大臣，我就想请他来担任这个职务。他既不答应，也没有推辞，但没有多久，他就离开了。为此我难过得不得了，像是失落了什么似的，直觉得世上已没有可以和我共欢乐的人。他到底是什么样的人呢？"

孔子说："我曾经到楚国去，恰巧看到一群小猪在吃母猪的乳。它们吃了一会儿才发现母猪是死的，顿时吓得四处乱窜，这是因为母猪没有知觉，不像活的时候那个样子的缘故。可见小猪爱它们的母亲，不是爱它的形体，而是爱那主宰形体的精神。

"譬如：为阵亡的武将举行葬礼时，不用布衣装饰棺木；犯刑砍断脚的人，不喜爱鞋子。这都是因为失去了根本。做天子的妃妾，不剪指甲，不穿耳洞；娶妻的仆从，只在宫外服役，不得再在天子跟前侍奉。为了要求形体的完全，普通人都须做到如此的地步，何况那德行完全的人？

"现在哀骀它没有说什么，却得到了别人的信任；没有立什么功，却得到了别人的敬佩；甚至还使得别人把国政交给他，犹唯恐他不肯接受，这必定是才全而德不外露的人。"

全德
《庄子》之《达生》

纪渻子替齐王饲养斗鸡，养了十天，齐王问他可不可以斗了。

纪渻子回答说："还不行。鸡性骄矜，自恃意气，还不能使用。"过了十天，王又来探问。纪渻子回答说："还不可以。它一听到声音，看见影子，就冲动起来了。"

又过了十天，王再来探问。纪渻子回答说："仍然不行，它的眼睛还有锐气，气势也还太强。"

　　十天后，王又来探问。纪渻子终于答道："可以了。它听到别的鸡在叫，已经毫无反应。你看它，俨然一副木鸡的神态，这正表示它的德行已经完备。现在没有一只鸡敢跟它应战，即使想向它挑战，看到它这副神情，也必定吓得回头就跑。"

新生的小牛：专一的秘诀
《庄子》之《知北游》

　　啮缺（尧时的老师）向被衣问道，被衣回答说："你只要端正形体，专一视听，自然的和气就会来到；放摄知识，专一思想，神明也会来栖止。若能做到这些，你不但能表现出美好的德行，与大道化合，更会像初生的小牛一样，不会去研究事物的所以然。"

影子、形体、精神
《庄子》之《齐物论》

　　影边问影子说："你一会儿走，一会儿停，一会儿坐，又一会儿站，怎么一点独立的性格也没有？"

　　影子回答说："那是因为我有依赖性，所以才会这个样子。我所依赖的东西，同样也须依赖别物。这就好像蛇须靠它肚下的皮才能行动，蝉须靠它的翅膀才能飞行一样。就连我自己也不知道为什么一会儿做这件事，一会儿又做那件事。"

　　关于影边和影子的对话，有人这么解释：前者依后者，后者依形体，形体再仰赖精神的移动。另一派解说是，影子说："我和蛇或蝉蜕一样，是类似形体的空壳。"这个意思似较前者更为妥当。

论"不增益自然的本性"
《庄子》之《德充符》

　　庄子说："我所说的无情，乃是不因为好恶损伤自己的天性，只随自然的变化，而不以人为来增益自然本性的人啊！"

第五十六章 无荣辱

知者不言，言者不知[14]。塞其兑，闭其门，挫其锐，解其纷，和其光，同其尘。是谓玄同。故不可得而亲，不可得而疏；不可得而利，不可得而害；不可得而贵，不可得而贱。故为天下贵。

【语译】

智者晓得道体精微，所以不任意向人民施加政令；好施加政令的人就不是智者。塞绝情欲的道路，关闭情欲的门径，不露锋芒，消解纷扰，含敛光耀，和尘俗同处，这就是玄妙的齐同境界。修养能达到这种境界，就不分亲疏，不分利害，不分贵贱。能够超越这种亲疏、利害、贵贱的，才是天下最为尊贵的人。

知道的人不谈道，好谈道的人不知道

《庄子》之《知北游》、《天道》

世人珍视的大道，是文字的记载；文字的记载不外乎语言，所以说珍视文字，实际上就是珍视语言。语言重视的是内容和意义，有的意义可以表达，有的意义却是语言表达不出的。世人因重视语言便把它记载在书中，以文字流传下来，殊不知这种文字实是毫无价值的。

我之所以不珍视它，实在是因为他们所看重的东西，并不是世上最珍贵的东西，最珍贵的东西往往是言外之意啊！眼睛看得见的是形体和颜色，耳朵听得到的是名誉和声闻，这一切在人们的心里，竟成了洞穿大道的媒介物。事实上，那形、色、声、名根本无法助人探得大道的实情。

因此，知"道"的，不谈道，好谈道的，便不知"道"，世人又岂会知道这些道理？

一天，桓公在堂上读书。车匠在园里制轮，听到了桓公的读书声，车匠放下工具走向堂上，问桓公说：

"请问陛下在看什么书？"

桓公回答："是圣人的言语。"

车匠问："圣人还活着吗？"

桓公说："已经死了。"

车匠说道："那么殿下读的，是古人的糟粕罢了！"

桓公怒道："寡人读书，由得你这个车匠随意批评吗？有理由还可以，没理由你就只有死路一条。"

车匠说："就以我做的事来比喻吧！做的轮子太紧，便转不动；太松，又会不牢固。要做得恰到好处，必须心手合一才可。但是这种心手合一的感触，不是能用语言表达出来的。这也就是为什么我不能把这门手艺传给儿子，让他继承我衣钵的缘故，以至我年已七十，还在这里制轮。

"古人和他那不能传授的东西，都已经消失了。陛下读的岂不就是古人遗留下来的糟粕？"

每个人都知道：从没有形体到有形体，叫做生；从有形体到没有形体，叫做死。但是，人们仍不停地议论着这件事，唯有那求道的人才忽略了它。因此，一个真正明白大道的人是不议论的，议论不停的人，便求不到大道。

"不谈道"是很困难的事
《庄子》之《列御寇》

庄子说："了解道很容易，要想不说出来，就困难了。知'道'而不说，便合乎天然；知'道'而说出来，就是随顺人为。古代的人合乎天然，而不去做人为的事。"

"知"的相对论
《庄子》之《齐物论》

啮缺问王倪说："你知道万物所以相同的原因吗？"

王倪说："我怎么会知道。"

啮缺又问："你不知道自己不知吗？"

王倪说："我哪里知道。"

啮缺又问："这么说，就没有人知道了吗？"

王倪回答说："我怎么会知道。虽然这样，我还是试着说给你听吧！试想，我如果说知，怎么知道我所说的'知'是不知？我如果说不知，怎么知道这'不知'其实就是真知？

"再说，人睡在潮湿的地方，就会腰酸背疼，患上半身不遂的病，那么泥鳅会不会这样呢？人住在树上，就会吓得发抖，恐慌得不得了，那么猿猴会不会这样呢？你以为人、泥鳅、猿猴这三者，谁的住处最恰当?

"人吃蔬菜和肉类，麋鹿吃青草，蜈蚣爱吃蛇脑、猫脑，猫头鹰和乌鸦爱吃死老鼠，你以为人、兽、虫、鸟这四者，谁的口味最合适?

"雄猿和雌猿做配偶，麋和鹿做配偶，泥鳅和鱼做配偶，当这些物类看见了世人认为最美丽的毛嫱和丽姬时，不是避于水底，就是飞向高空；不是奔入暗处，就是逃向深林。你以为人、鱼、禽、兽这四者，谁才是最完美的?

"照我看来，仁义的标准，是非的途径，纷然错杂，实在是无从分别啊!"

啮缺又问："你既然不知是非的分别，难道至人也不知吗?"

王倪答道："至人是神灵，山林焚烧，他不觉得热；江河冰冻，他不觉得冷；疾雷狂风，震动了山，掀起了海，也不会使他惊惧。

"驾着祥云，乘着日月，遨游于四海之外，与大自然的变化合为一体，生死再也控制不了他，何况那是非利害的区别，他当然更是不会放在心上了。"

"不知道的人是真知，知道的人反而是无所知，那么谁才知道那不知的知呢?"——第一章之一（《庄子·知北游》）。

玄德

《庄子》之《胠箧》

"削除曾参、史鰌的忠信行为，封闭杨朱、墨翟的浮诞口辩，抛弃仁义礼乐之说，天下人的道理才能达到'玄同'的境界。"

爱憎不至，得失不临

《庄子》之《逍遥游》

宋荣子这个人，即使世上的人都称赞他，他也不会因此而得意；世上的人都毁谤他，他也不会因此而沮丧。因为他能认清内外的分际，了解荣辱的真正内涵。

本章提到的哲学家，乃是宋荣。参阅序文。

【注释】

---

[1] 与"创造本身阻碍的肤浅活动"比较，它扩大了精神的影响力，以至无所不在。

[2] 取自 H.A. Giles 的译文来翻译本段，其间只做了少许的改变。

[3] 随物而成，却没有成的象状，所以叫做缺。

[4] 由于道家的影响。

[5] 仗恃自己的能力。

[6] "心"，思想和感情都以这个字来表示。"常心"乃是不可能的事。

[7] 依韩非解，为四肢九窍。另一说为"十之三"，不过有这种想法的人并不多。

[8] 按字义作"不死"解。

[9] 中国的"灵魂"，可分为两类：魂，与意识的心灵相符；魄，与无意识的心灵一致。

[10] 庄子反复谈论的思想。万物本为道的各种层面，虽变化莫测，其源皆出于"道一"。

[11] "厚"，"重"的意思。

[12] 心，心意或心灵。

[13] 最后三句几乎是第三十章后三句的再版。这个意思若放在第三十章，比放在本章要适当得多。

[14] 所有均为一。

第六篇

统治的理论

　　我无为而民自化，我好静而民自正，我无事
而民自富，我无欲而民自朴。

| 老子的智慧
The Wisdom of Laotse

第五十七章　治　术

以正[1]治国，以奇用兵，以无事取天下。吾何以知其然哉？以此：天下多忌讳，而民弥贫；人多利器，国家滋昏；人多伎巧，奇物[2]滋起；法令滋彰，盗贼多有。故圣人云：我无为而民自化[3]，我好静而民自正，我无事而民自富，我无欲而民自朴。

【语译】

治国者以正不以奇；用兵者以奇不以正。然而以正治国，虽是合于正道，仍是有为而治，以奇用兵，仅止于暂应一时之变；若用正奇这两者来治天下就不合适了，我何以知道会这样呢？只要从下面几个无为而治的反面情形来看，就可以明白。

天下的禁忌太多，人民动辄得咎，无所适从，便不能安心工作，生活愈陷于困苦。人间的权谋愈多，为政者互相钩心斗角，国家就愈陷于混乱。在上位者的技巧太多，人民起而效尤，智伪丛生，邪恶的事层出不穷。法令过于严苛，束缚人民的自由太过，谋生困难，盗贼就愈来愈多。

因此，圣人有鉴于此，便说道：我无为，人民便自我化育；我好静，人民也自己走上正轨；我无事，人民便自求多福；我无欲，人民也就自然朴实。

第五十七、五十八、五十九、六十等章表达的思想，都牵涉到"民干政的危险"。主要的原因，便是人们知识的增长，把混乱带进了世界。至于怒斥"人性堕落"和"狡猾、伪善的滋长"等思想，请参阅第十八、十九、二十八、三十八等章。

机械的坏影响
《庄子》之《天地》

子贡到南方的楚国游玩，返回晋国的途中，路过汉阴，看见一个在菜园种菜的老人，打通了一条隧道到井边，极为辛苦地抱着瓮罐盛水来灌溉，只见他费了大半天的工夫，却没有得到多大功效。

于是，子贡忍不住说道："有一种抽水的机器，一天可以灌溉百亩的菜圃，出力少，功效又大，先生为什么不用呢？"

灌园的老人抬头看了看子贡，问道："那是什么模样？"

子贡回答："那是木头做的机器，后面重前面轻，引水的时候，不必费力，井水就自然地急速流出，这种机器叫做槔。"

灌园的老人脸色变了变，笑着说道："我的老师曾经说过，用机械做事的人，必定有机谋巧变的心思；有了机谋巧变的心思，便破坏了纯洁的天性；天性损毁，心神就不定；心神不定的人，离道就远了。我并非不知道用机器，而是认为这么做是羞耻的事。"

子贡听了，惭愧地低下头来。过了一会儿，灌园的老人问道："你是谁？"

子贡答道："我是孔子的弟子。"

老人又说："你不是那个自认博学又自比圣人，想超越众人，而又独自在那里弦歌哀叹，向世人炫耀名声的人吗？假如你能去掉神气，隐灭形体，还有接近大道的希望。否则，你连自己都不知怎么处理，还能教天下人吗？你快去吧！不要耽误了我的正事。"

子贡满脸愧色，茫茫然若有所失地走了三十里，心神才安定下来。

他的弟子问他说："刚才那个人是做什么的？为什么老师跟他谈过话后，脸色都变了，而且还整天不自在？"

子贡说："我以为天下只有孔夫子一人而已，没想到居然还有这么一个人。我曾听老师说过：人应求事能成，只要用力少，获得的成就多，就是圣人之道。如今我所听到的道理竟不是这样，而是能够执守大道的人，道德才完备；道德完备的人，形体就不亏损；形体不亏损，精神才专一；精神专一，才是圣人的大道啊！

"这个人和普通百姓一样地生活，行为醇和，道德全备，凡是不顺他心志的地方他不去，不合他意愿的事情他不做。若是全天下的人都称誉他，他不会引以为傲；全天下人都毁谤他，他也不会放在心上。像这样天下的毁誉对他都没有影响的人，才是全德的人啊。"

犯罪的原因
《庄子》之《则阳》

柏矩向老聃学道。一天，他请求老子说："请老师带我们四处游历一番。"

老聃回答说："算了吧！天下都是一样的啊！"

柏矩再三要求，老聃只好答应道："好吧！你想先去哪里？"

柏矩说:"先到齐国。"

他们一到齐国。看见一具死囚的尸体横卧在地,老聃推正了尸体,脱下朝服为他盖上,然后呼天而哭道:

"你呀!你!竟首当其冲地逃开了天下最大的灾难。"

接着他又说:"莫不是为盗?莫不是杀了人?世事大多有了荣辱,才有弊病;有了积财,才有争夺。如今治理天下的人,不断地建立荣辱,聚集财货,穷困人体,要想逃避这些弊端,怕是不容易了。

"古代统治天下的人,若有功绩,都认为那是百姓辛劳的结果;若有过失,就以为那是自己造成的。同时,他还认为,政治之所以畅行,是因为百姓能守法;政治之所以阻塞,是因为自己的罪过。只要看百姓受饥受寒,便一再责备自己的不周到。

"现在就不同了,在上位的人,故意隐藏事物,以此来责备百姓的无知;故意想出困难的事,来惩罚那些惧不敢为的人。他加重责任,以处罚那不能胜任的人;限期到远地,以诛杀那不能到的人。

"百姓的智慧已难应付这些法规,于是虚伪随之而生。试想,统治者无日不在欺骗百姓,百姓又怎能不欺骗统治者呢?当一个人的力量不足时,就产生虚伪;智慧不足时,便产生欺诈;财用不足时,就开始偷窃。这本是最自然的事。但是,使百姓沦为盗贼的责任,该由谁来负啊?"

"我无为,百姓才能化育自己。"——第三十七章之二(《庄子·天地》)

第五十八章 政 闷

其政闷闷，其民淳淳；其政察察，其民缺缺。祸兮福之所倚，福兮祸之所伏。孰知其极？其无正也。正复为奇[4]，善复为妖。人之迷，其日固久。是以圣人方而不割，廉而不刿[5]，直而不肆，光而不耀。

【语译】

治国者无为无事，一国的政治看似混浊不清，其实有人民因生活安定，其德反而淳厚。治国者有为有事，一国的政治看似条理分明，其实人民因不堪束缚，其德反而浇薄。所以灾祸的里面，未必不隐藏着幸福；而幸福里面，未必不潜伏着祸根。这种得失祸福的循环，是没有一定的，谁能知道它的究竟呢？

就好像那本是正直的东西，突然间竟变作了虚假；那本是善良的东西，突然又化作邪恶一样。世人看不透这个道理，每每各执己见，以己见作为是非取舍的标准。他们陷在这往复循环的圈子里，不能自拔，已为时很久了。

唯独得道的圣人，才能跳出这个圈子，能无为而为，以无事为事，方正而不戕人，锐利而不伤人，直率而不放肆，光亮而不刺耀。既伤不到自己，也伤不到别人。

第五十九章　如　啬

治人事天，莫如啬 [6]。夫唯啬，是谓早服，早服谓之重积德；重积德则无不克，无不克则莫知其极；莫知其极，可以有国；有国之母，可以长久。是谓深根固柢，长生久视之道。

【语译】

治理国家修养身心，最好的方法，莫过于爱惜精神，节省智识。因为只有爱惜精神，节省智识，才能早作准备；早作准备，就是不断地积德；能够积德，就没有什么不能胜任的；既没有什么不能胜任的，就无法估计他的力量；无法估计他的力量，就可以担负保家卫国的责任。掌握了治理国家的道理，就可以长久站稳。这就是"根深蒂固"、"长生久视"的长久之道。

或许导致近代道家研习法术的根由，就是老子在这第五十九章最后一句所说的话。事实上，从老子的自然玄同说，到努力成仙的法术的演变过程，本是最自然的发展。因此，中国历史上的道家，充满了"不朽"的神话故事，那些习法术的道士，更成了人们眼中的"活神仙"。

庄子曾特别详细地介绍了不少有关这方面的术语，比方："内省"、"道引"、"养神"和"吸气"。这种术语很容易叫人联想起印度的瑜伽术。

我选了一些庄子"论不朽之崇拜"的作品，在下文中介绍给各位读者。

养神术
《庄子》之《刻意》

山林隐居之士，看破红尘及投水自杀的人，追求的是：磨炼意志使行为高尚，脱离现实而与众不同，发表高论而怨叹怀才不遇。这些乃是标榜清高的一群人。

清平治世之士，教诲化人及四处游历的人，追求的是：施行仁爱、节义、忠诚、信实、恭敬、俭朴、推举、辞让的美德。这些人乃是一些勤于修身的学者。

朝廷之士，忠君爱国及功勋盖世的人，爱慕的是：建大功，立大名，制定君臣礼仪，匡正上下名分。这些人乃是治理国家的政客而已。

江海之士和避世闲居的人欣慕的是：到有山有水的地方居住，闲来钓鱼为乐。至于像彭祖寿考这类导引练气、养护身体的人，所喜好的则是：修炼、呼吸、吐纳、倒挂树上若熊、伸足空中若鸟等保身长命的技巧。

如果能做到"不磨炼意志而行为自然高尚，不称说仁义而自然有修为，不建功立名而天下自然太平，不隐居于江海而自然优游闲散，不导引练气而自然身强命长，忘记一切，淡泊无欲，而所有美好的事都会随之而来"的境界，才算是天地的正道，圣人的美德啊！

所以说，恬淡、寂寞、虚静、无为[7]，是天地的根本，道德的本质。圣人安静无为则平易，平易则恬静淡泊。若能如此，忧患邪气便不会入侵，也因此才能道德完备而不会神亏气损。

所以说：圣人生随自然，死随万物；静时和阴气一样地寂寞，动时若阳气一样地运行；不兴福，不起祸；有了感触而后接应，外物逼来而后周旋；摒弃智慧的技巧，以顺从自然的常理。

惟其如此，他才没有灾害，没有物累，没人批评，也没有鬼神的责罚。他生时无心，浮游于世；死时像休息般的静寂，没有思虑，没有预谋；光亮而不显耀，诚信而不必事先约定。因此他睡时不会做梦，醒时没有忧愁，终日神清气爽，魂魄不疲……

所以说，纯净而不混杂，专一而不变动，淡泊无为以顺应自然，才是养神护气的至道。

才全
《庄子》之《德充符》

哀公问："什么叫做才全？"

孔子回答："生死、得失、贵贱、贫富、君子、小人、毁誉、饥渴、寒暑等，全都是事物的变化，天命的流行，他们日夜循环不已，都不知源流何处。因此，除了顺其自然外，实不应拿它们来扰乱本性，混杂灵台。

"若能经常保持纯和之气的流通，而又不丧失喜乐的性情，使心胸日夜交替着春和的气概，来顺应一切的变化，便叫做才全。"

见道

《庄子》之《大宗师》

南伯子葵问女偊说："你的年龄已不小，怎么脸色看起来还像小孩子一样？"

女偊说："因为我学道了。"

南伯子葵说："我可以学道吗？"

女偊说："不，不可以，你不是学道的人。譬如说：那卜梁倚有圣人之才，却没有圣人之道；我有圣人之道，却没有圣人之才。因此我想，用圣人之道教他，他或许会立刻成为圣人吧，但是并没有这么快。

"照理说，把圣人之道告诉具有圣人之才的人，是很容易的事。可是没想到，我耐心教了他三天，他才把天下看做虚空；再守他七天，他才把外物忘掉；我又守了九天，他才把自己的形体忘却。

"一旦他忘却形体，也就像清晨的天气那样清明；能够达到清明的境界，也就能得到绝对的大道。得到大道以后，便没有古今的区别；没有古今，就能进入不生不死的境界。在此境界中，未必因为绝了生念就会死，也未必有了生念就会生。

"道支配一切事物的运行，因此万物莫不因道而生，顺道而死；也没有不是因道而成，因道而毁的。能够了解这个道理，外间一切生死成毁的变化，都不能扰乱他心情的安宁。"

忘却心灵与形体

《庄子》之《大宗师》

颜回告诉孔子说："我进步了。"

孔子问："何以见得？"

颜回说："我忘了仁义。"

孔子说："很好，可是还不够。"

过了几天，颜回又去见孔子说："我进步了。"

孔子问："何以见得？"

颜回说："我忘了礼乐。"

孔子说："很好，但是还不够。"

又过了几天，颜回又见孔子说："我进步了。"

孔子问："何以见得？"

颜回答道："我已经能坐忘。"

孔子听了，惊问道："什么叫坐忘？"

颜回说："不知道有形体的存在，摒除聪明的作用，离开形体，去掉机智，和大道相合，就叫做坐忘。"

孔子道："和大道相合，就没有私心；顺着大道的变化，就没有阻滞。你实在是贤人啊，我真该向你学习学习。"

第六十章　治大国

治大国，若烹小鲜[8]。以道莅天下，其鬼不神。非其鬼不神，其神不伤人；非其神不伤人，圣人亦不伤人。夫两不相伤，故德交归焉。

【语译】

治大国好像烹小鱼不能常常翻动，常常翻动小鱼就会破碎；不可以朝令夕改，过于多事，否则人民不堪其扰，便会把国家弄乱。但是能做到这个地步，只有"有道的人"才能达到。

有道的人临莅天下，清静无为，使物各得其所，鬼神各有其序。这时，不仅鬼不作祟伤人，神也不伤害人；不仅神不伤害人，就是圣人也不伤害人；鬼、神、圣人都能做到不伤害人，人民便能安宁生活，勉力修德了。

前章的首句，谈的是治人事，本章讨论的，则是治国。其源虽不同，但论"自制"和"不过分"的思想，却是大同小异。老子一向认为，政府干涉民生终归是伤民，所以极力主张"无为而治"。

圣人不伤人

《庄子》之《知北游》

圣人与人处而不伤人。因其不伤害人，所以也不会受到别人的伤害。故而唯有那不伤人的才能与人相处。

其神不伤人

《庄子》之《达生》

桓公在大泽中打猎，管仲为他驾车。突然桓公像是看见鬼魂似的拉着管仲的手问："你看见什么没有？"

管仲说："我什么都没看到。"

桓公回宫，因为恐惧而生起病来，有好几天不曾上朝。齐国有位名叫皇子告敖的士子对桓公说："鬼怎能伤害陛下？陛下是自己在伤害自己啊！"

第六十一章 大国和小国

大国者下流，天下之交。天下之牝，牝常以静胜牡，以静为下。故大国以下小国，则取[9]小国；小国以下大国，则取大国。故或下以取，或下而取。大国不过欲兼畜人，小国不过欲入事人。夫两者各得其所欲，大者宜为下。

【语译】

人类能否和平共处，实系于大国的态度。大国要像江海居于下流，为天下所汇归。天下的雌性动物，常以柔弱的静定胜过刚强躁动的雄性动物，这是因为静定且能处下的缘故。因此大国如能对小国谦下有礼，自然能取得小国的信任，而甘心归服；小国若能对大国谦下有礼，自也可取得大国的兼蓄，而对它平等看待。

无论是谦下以求小国的信任，或谦下以求大国的等视，都不外乎兼蓄或求容对方。故而为了达到目的，两国都必须谦下为怀。但是最要紧的，还是大国应该先以下流自居，这样天下各国才相安无事。

庄子从未提到"雌胜雄"这个观点，请参阅下文。

"海不辞东流（或下流）"——第三十二章之一（《庄子·徐无鬼》）。

第六十二章　善人之宝

　　道者，万物之奥。善人之宝，不善人之所保。美言可以市尊，美行可以加人。人之不善，何弃之有？故立天子，置三公，虽有拱璧，以先驷马，不如坐进此道。古之所以贵此道者何？不曰：求以得，有罪以免邪？故为天下贵。

【语译】

　　道无所不包，是万物的隐藏之所。善人固然以它为宝，不肯离开它，就连恶人也需要它的保护。善恶原没有一定的标准，普通人把道之理说出，便可换得尊位，把道之理做出，就可高过他人。恶人只要明白大道，悔过自新，道又怎可能弃他们于不顾？

　　可见得道人是最高贵不过的，即使得到世间的一切名位：或立为天子，封为三公，或厚币在前，驷马随后，还不如获得此道来得可贵。古人之所以重视此道是为什么呢？还不是因道以立身，有求就能得到，有罪就能免除吗？所以说，道才是天下最贵重的。

何弃人？

《庄子》之《大宗师》、《徐无鬼》

　　天所认为的小人，是世人眼中的君子；世人所认为的君子，是天眼中的小人。

　　知"道"最完备的人，没有追求，没有丧失，也没有抛弃。

第六十三章　难　易

为无为，事无事，味无味。大小多少，报怨以德。图难于其易，为大于其细。天下难事，必作于易；天下大事，必作于细。是以圣人终不为大，故能成其大。夫轻诺必寡信，多易必多难。是以圣人犹难之，故终无难矣。

【语译】

众人是有所为而为，圣人是无所为而为；众人是有所事而事，圣人是无所事而事；众人是味有其味，圣人是淡而无味。众人是以大为大，以小为小，以多为多，以少为少；圣人是以小为大，以少为多。

众人德怨分明，常有以怨报怨，以德报德，甚或以怨报德的事；而圣人却是大公无私，无人我之分，也就无所谓德与怨。若在常人看来是德是怨，圣人宁可以德报怨；既能以德报怨，还有何怨可言？

天下的难事，必从容易的时候做起；天下的大事，也必从小事做起。所以圣人不肯舍小以为大；不舍小以为大，最后才能成其大。

圣人深知轻易许诺的人，必然少信用；把事情看得越容易的人，困难也越多。因此，他对人不肯轻易许诺，对事也宁愿把容易的看做艰难。虽说他以易为难，其实始终没有困难产生。

以德报怨
《庄子》之《庚桑楚》

只有一任自然的人，才能达到受辱而不发怒的境界。

第六十四章　终　始

　　其安易持，其未兆易谋，其脆易泮，其微易散，为之于未有，治之于未乱。合抱之木，生于毫末；九层之台，起于累土；千里之行，始于足下。为者败之，执者失之。是以圣人无为故无败，无执故无失。民之从事，常于几成而败之。慎终如始，则无败事。是以圣人欲不欲，不贵难得之货；学不学，复众人之所过。以辅万物之自然，而不敢为。

【语译】

　　当世道安平的时候，是容易持守的；当事情还未见端倪的时候，是容易图谋的。脆弱的东西，容易分化；微小的东西，容易散失。因此，在事情还未发生时就处理，便容易成功；在天下未乱前开始治理，就容易见效。

　　合抱的大木，是从细小的萌芽生长起来的；九层的高台，是由一筐一筐的泥土建筑起来的；千里的远行，是从脚下的举步开始走出来的。这些道理，都是化有事于无事，消有形于无形，其所作所为，仍是无所作，无所为；否则为者失败，执者丧失。圣人无为而为，所以不失败；不事执著，所以没有丧失。

普通人做事，往往到快成功的时候失败，便是因为不能始终如一。如果对于一事，自开始就循道而行，一直到最后还是一样谨慎，是绝不可能失败的。

圣人深知此理，所以不与众人的行事和居心一样，众人喜爱的是难得的财货，圣人偏好的却是众人所不喜欢的；众人喜好追逐知识，卖弄聪明，结果弄得满身过错；圣人却排除后天的妄见，不学众人所学的妄知。

那么圣人究竟是怎样的人呢？他确守无为的道体，辅助万物的自然发展，而不敢有所作为。

慎终如始
《庄子》之《人间世》

用拳技角力的，起初大家是明来明去地游戏，后来就慢慢暗里使用阴谋来伤害对方；在正式场合饮酒的，起先是规规矩矩地欢聚，结果逐渐迷醉昏乱，做出淫荡的游戏。凡事莫不如此。起初诚信，到后来总是以欺诈结束；开始本很简单，结果反而复杂艰巨。

学众人之所过
《庄子》之《缮性》

在世俗修养本性的人，常以世俗的学识，来恢复自己的本性；受世俗物欲扰乱的人，常想求世俗的大道来平复。这些人乃是世上最愚昧不过的人。

第六十五章 大 顺

古之善为道者，非以明民，将以愚之。民之难治，以其智多。故以智治国，国之贼；不以智治国，国之福。知此两者亦稽式。常知稽式，是谓玄德。玄德深矣远矣；与物反矣，然后乃至大顺。

【语译】

古时善于以道治国的人，不要人民机巧明智，而要人民朴质敦厚。百姓智巧诡诈太多，就难以治理。如果人民多智，治国的人又凭自己的智谋去治理他们，那么上下斗智，君臣相欺，国家怎会不乱！

如果治国者不用智谋，不显露自己的本领，不开启人民的智谋，只以诚信待民，则全国上下必然相安无事，这岂不是国家的一大福祚？

"以智治国"和"不以智治国"是古今治乱兴衰的标准界限。若能常怀这种标准在心，不以智治国，必能与道同体，而达玄德的境界。

玄德既深又远，不同于普通的物事。当玄德愈见真朴时，万物也就回归了自己的本根，然后才能完全顺合自然，与道一体。

近代的读者几乎无人同意老子无政府主义的"弃智"和"愚民"的学说。主要的原因就是：老子所说黄金时代的单纯思想，把人带进了退步的世界。

读者或许还记得：老子的哲学思想是反"多智"和"多学"的。他不但坚持人民要回复原始的单纯，君王和圣者更应做到不以智治国。因为导致无政府主义产生的因素，是由于当时的政治混乱，人们智力的发展与道德的滋长已不大平衡。

我曾在第十九章之一介绍过庄子那个时代的混乱，这些混乱大多是由一些学者名师引起的。当时的学者，利用人民疲于应付战乱、税金、征兵的机会，一国一国地去宣传他们所谓的和平之道。于是，理想主义的儒家高唱仁义之教，现实主义的政客广布无益的策略之说。

他们都为自己闯出了名声，却把各国的君主带进纷扰的世界，这种现象在当时已蔚然成了潮流。

庄子特别针对那些流浪学者造成的纷扰提出抗议。他觉得，这些人未免太小题大做了。

天下大乱之始
《庄子》之《胠箧》

现在弄得百姓无时不仰头举足，寻求安全的处所。只要听到有人说"某地方有贤人"，便不顾一切地背着粮食，内弃双亲，外抛君主，急驰千里，到达别国的疆域。这都是治者喜欢智识的结果。上位的人一旦喜欢智慧，忽视大道，天下也就大乱。怎么会有这种结果呢？

譬如说：弓、箭、毕、戈等东西一多，飞鸟就困扰；钓、饵、网等东西一多，水中的鱼便混乱；栅、网、阱等东西一多，林中的野兽便慌张；懂得欺诈、狡猾、奸佞的知识愈多，世人就愈会被争辩所迷惑。

世人只知追求不知道的外在知识，而忽略了保守已具有的内在本性；只知批评别人的过错，不知省察自己的错失，天下岂有不乱之理？甚至还连带影响到日月的光辉、山川的精气、四时的运行。这些若受到蒙蔽的扰乱，即使那没有脚的爬虫、空中飞的昆虫，也会跟着失去了它们的本性，这实在是好智引起的大乱啊！

自三代以来，天下就已经是这样了。人们抛弃淳朴，喜好狡诈；不用无为，反用争辩。单单争辩一项，就已足够把混乱带给天下。

导致大乱的原因，除了儒墨之教的盛行，便是曾在第十九章之二提到的民情变化。

"圣人"伤人性
《庄子》之《马蹄》

马的本性原是：饥渴时吃草喝水，高兴时交颈摩擦，愤怒时背立相踢。如果用衡轭驾驭它，用缰绳限制它，它立刻就知道如何睥睨怒视，曲颈猛突，诡诈吐衔，暗中咬辔来对抗。马之所以能有这般狡诈的智力，乃是伯乐的罪过啊！

上古赫胥氏时，百姓安居无为，率性而游；饿了便吃，饱了便遨游四方，过着无忧无虑的生活。但是，到后世圣人治理天下的时候，便开始创设礼乐来改变世人的行为，高悬仁义来安抚天下的人心。百姓因而竭力追求智巧，贪慕利禄，而不知停止，这又是圣人的过错啊！

吃人的言：儒家"解决困难之愚行"
《庄子》之《庚桑楚》

庚桑楚说："自从尧、舜以来，治者便开始尊敬贤人，擢用能人，优待善人，并给予利禄……

"实在说来，那尧、舜二人又有什么值得让人称颂的地方？他们像在断垣残壁中种植杂草一样地穷于无味的争辩，又像是选长发梳洗、数米粒煮饭一样地困于乏味的计较中，这样又如何能救世呢？

"要知道：推举贤能，百姓就会有所图谋；任用才智，百姓便会彼此相欺。这些方法不但不能使百姓淳厚，反而给他们制造了谋利的机会，于是，子弑父，臣弑君，白昼抢劫，正午行窃的事情层出不穷。

"我告诉你吧！社会大乱的原因，必定是起自尧、舜的时代。它不但影响到现在，更会波及千年以后的社会，到那时，人吃人的事是绝对避免不了。"

回返本性：海鸟的寓言
《庄子》之《至乐》

从前，有只海鸟降落在鲁国的郊外，鲁侯把它载进庙堂，献酒给它喝，奏《九韶》乐给它听，还备办了丰盛的筵席请它吃。但那海鸟由于内心太过悲伤，粒米未进，滴酒未沾，过了三天就死了。

这是用"养人之道"来养鸟，不是用"养鸟之道"来养鸟啊！用"养鸟之道"来养鸟的，应当是让鸟在深林里栖止，在沙滩边遨游，在江湖上飘浮；应当用泥鳅喂它。随它自由翱翔，自由栖息才对。

若是以"养人之道"来养鸟，便违反了它的本性。事实上，它连人说话的声音都不喜欢听，要那些噪人的音乐有什么用？以此养鸟，岂不是太愚蠢了。

　　请参阅第十六章之四，庄子对"玄德"和"大顺"的描述。

第六十六章　百谷王

　　江海之所以能为百谷王者，以其善下之，故能为百谷王 [10]。是以圣人欲上民，必以言下之；欲先民，必以身后之。是以圣人处上而民不重；处前而民不害。是以天下乐推而不厌。以其不争，故天下莫能与之争。

【语译】

　　江海之所以能成为百川之王，乃因它善于低下的缘故。同样的道理，圣人要想高居民之上，必先心口一致地自以为下；想要居万民之先，必得迫而后动，感而后应，不得已而后才起。

　　因此，怀有处下居后心胸的圣人，虽处上位，却不威迫凌人，所以人民不以他为累。虽居民先却不多行更张，所以人民也不以他为善。天下人都乐意拥护他，就是因为他有这些处下居后的不争之德。因为不和任何人相争，天下也没有人能争得过他了。

如下人

《庄子》之《徐无鬼》

"自以为不如别人的人，是绝对可以得到人心的。"

第七章之三也有类似的思想。

"海不辞东流（或下流）。"

第六十七章 三 宝

天下皆谓我道大，似不肖。夫唯大，故似不肖；若肖，久矣其细也夫。我有三宝，持而保之。一曰慈[11]，二曰俭[12]，三曰不敢为天下先。慈故能勇，俭故能广，不敢为天下先，故能成器长。今舍慈且勇，舍俭且广，舍后且先，死矣！夫慈，以战则胜，以守则固[13]。天将救之，以慈卫之。

【语译】

世人说我的道太大，天下没有可与它比拟的。不错，就因为道大，所以不像任何物体；如果它像某一样东西的话，岂不早就变成微不足道、不值一顾的东西了。

我以为，有三种宝贝是应当永远保持的：一种是慈爱，一种是俭啬，还有一种就是所谓的"不敢为天下先"。慈爱则视人民如赤子而尽力卫护，所以能产生勇气；俭啬则蓄精积德，应用无穷，所以能致宽广；

不敢为天下先，所以反而能得到拥戴，作为万物之长。如果舍弃慈爱而求勇敢，舍弃俭啬而求取宽广，舍弃退让而求取争先，那是走向死亡之路。三宝之中，慈爱最重要，以慈爱之心用于争战就会胜利，用来防守就能巩固。能够发挥慈爱之心的人，天也会来救助他、卫护他。

　　本章包含了老子最好的学说——爱。庄子除教人恬淡虚静外，并无哪章叙述这种思想。

第六十八章　不争之德

　　善为士者不武，善战者不怒，善胜敌者不与，善用人者为之下。是谓不争之德，是谓用人之力，是谓配天古之极。

【语译】

　　善于做将帅的人，不会显出凶猛的样子；善于作战的人，不轻易发怒；善于克敌的人，不用和敌人交锋；善于用人的人，反处于众人之下。这些是不和人争的德，就是利用别人能力的处下。能做到不争和处下这二者，就是合"道"的极致了。

第六十九章　掩　饰

　　用兵有言："吾不敢为主而为客[14]，不敢进寸而退尺。"是谓行无行，攘无臂，扔无敌[15]，执无兵。祸莫大于轻敌，轻敌几丧吾宝[16]。故抗兵相若，哀者[17]胜矣。

【语译】

　　兵家曾说："我不敢先挑起战端以兵伐人，只有在不得已的情况下才起而应战；在作战时也不敢逞强躁进，宁愿退避三舍，以求早弭战祸。"这样的作战就是：虽有行阵，却好像没有行阵可列；虽要奋臂，却好像没有臂膀可举；虽然面敌，却好像没有敌人可赴；虽有兵器，却好像没有兵器可持。

　　但是，切莫看轻了敌人的力量，以致遭到毁灭的祸害。因为轻敌便违反了慈道。所以说，圣人不得已而用兵，但内心仍须怀着慈悲的心情而战。就因心存慈悲，才能得到最后的胜利。

下文取自庄子的精选，全为虚构。我囊括这些故事的原因是：一来故事本身有趣，二来它说明了公元前三四世纪已蔚成的思想形态。

论不战
《庄子》之《让王》

大王亶父（周朝的祖先）居住在邠这个地方，受到狄人的攻伐。他送财帛给狄人，他们不接受，送犬马家畜也不接受；送珍珠宝玉，他们还是不接受。原来狄人要的竟是这块土地。于是，大王亶父对他的子民说：

"我不忍让各位因战争而失弟丧子，所以决定放弃这个地方远走他乡。你们留在这儿，做我的臣民和做狄人的臣民并没有什么不同。而且，我相信他们绝不会因为争土地而杀害百姓的。"

说完，就扶着杖离开了，跟在他身后的百姓不计其数。后来，他们到达岐山的下面，又建了一个国家。像大王亶父这样的人，可说是重视生命的人了。

越国人杀了三代的国君，王子搜非常忧虑，便逃到深山的洞穴里隐居起来。越国人没有国君，大为着急，四处找寻王子搜的下落，终于在洞穴里找到了他。但是，王子搜硬是不肯出来为王，越人只好用艾草熏他出来，强迫他坐上国君的车舆。

王子搜扶着车登上车座，便向天呼喊道："做国君！做国君！你们为什么不让我离开呢？"王子搜并不是厌恶为王，而是担心为王的祸患。像王子搜这样的人，可说是不肯以王位伤害生命的人，这也是越人苦寻他为王的原因。

韩国和魏国互相争夺土地。魏国的子华子拜见韩国国君昭僖侯，见他面有忧色，便说道："假如在你面前有一张铭约这么写着：'左手取到铭约就砍右手，右手取到铭约就砍左手。'但是取到铭约就有天下，你愿意去取吗？"

昭僖侯回答说："不愿取。"

子华子说："好，这么看来，你的两臂比天下重要多了。当然你的身体又比两臂贵重。如今，韩国并非天下，你们所争的东西更比不上韩国，你又何必为得不到那块土地而忧伤呢？"

昭僖侯说："说得好。劝我的人不少，从未听过这样的话。"

子华子可说是知道事情轻重的人。

第七十章　不我知

　　吾言甚易知，甚易行。天下莫能知，莫能行。言
有宗，事有君。夫唯无知，是以不我知，知我者希，
则我者贵。是以圣人被褐而怀玉。

【语译】

　　我的言论很容易了解，很容易明白，那也就很容
易实行。可是天下人却不能明白，又不肯照着去做：
一再惑于躁欲，迷于荣利。事实上，我的言论以道体
的自然无为为主旨，行事以道体的自然无为为根据，
这有什么难知难行的呢？

　　正因为他们不了解我这些言论，所以也就不能了
解我。了解我的人愈少，取法我的人也就愈少。大道
惟其如此不行，圣人才不得不外同其尘，内守其真。

第七十一章　病

知不知，上。不知知，病。夫唯病病，是以不病。圣人不病，以其病病。

【语译】

已经知道真理却自以为不知的人，是最高明的人；根本不认识真理，却自以为知道的人，是患了谬妄的病症。认为这种病是病的人，便得不着这种病。圣人之所以不患此病，就是因为他知道这种病！

"不知便是知，知反而就是不知了。"——参阅第一章之一（《庄子·知北游》）

"你知道你所'知道'的，其实是'不知'吗？"——参阅第五十六章之三（《庄子·齐物论》）

第七十二章　论罚（一）

民不畏威[18]，则大威至。无狎其所居，无厌其所生。夫唯不厌，是以不厌。是以圣人自知不自见，自爱不自贵。故去彼取此。

【语译】

人民一旦不害怕统治者的威势，则更大的祸乱就会随之而来。因此，执政的人，不要逼迫人民的生存，使他们得不到安居；不要压榨人民的财货，使他们无法安身。能如此，人民才不会厌恶你，才不会带来莫大的祸乱。

所以，圣人虽是自知己能，却不自我显扬；虽自爱己力，也不自显高贵，只是采取"无为"、"处下"的态度顺民而已。取此而舍彼，又怎会陷民于不安？

第七十三章　论罚（二）

勇于敢则杀，勇于不敢则活。此两者，或利或害。天之所恶，孰知其故？是以圣人犹难之。天之道[19]，不争而善胜，不言而善应，不召而自来，繟然而善谋。天网恢恢，疏而不失。

【语译】

勇于表现刚强的人，必不得善终；勇于表现柔弱的人，则能保全其身。这两者虽同样是"勇"，但勇于表现刚强则得害，勇于柔弱则受利。天为什么厌恶勇于表现刚强的人？没有人能知道为什么。所以，圣人也以知天为难，何况一般人呢？

天之道是不争攘而善于得胜，不言语而善于回应，不召唤而万物自归，宽缓无心而万物筹策。这就好像一面广大无边的天网一样，它虽是稀疏的，却没有一样东西会从中漏失。

第七十四章　论罚（三）

　　民不畏死，奈何以死惧之？若使民常畏死，而为奇者，吾得执而杀之，孰敢[20]？常有司杀者杀，夫代司杀者杀，是谓代大匠斫。夫代大匠斫者，希有不伤其手矣。

【语译】

　　人民若饱受虐政苛刑到了不怕死的地步，以死来威胁他又有何用？假使人民怕死，一有作奸犯科的人就抓来杀死，那么还有谁敢再做坏事，触犯刑罚？但事实并不如此，天下刑罚何其多，犯法的人却并未止步；万物的生死，早操在冥冥中司杀者的手中，又何必人去参与其谋？

　　但是，世上一般的执政者，往往凭自己的私意枉杀人命。替代冥冥中司杀者的职责，还自以为是替天行道，这就好像不知技巧而去替木匠砍斫木头一样。凡是代木匠砍斫木头的人，很少有不砍伤自己的手的。

第七十二、七十三、七十四等章所说，都是老子的"罪罚论"。有关"犯罪的起源"，请参阅第五十七章之二。

"自三代以后，统治天下的人，每每以赏罚为治理天下的手段，在这种情况下生活，百姓的性情又怎么能得到宁静？"——参阅第三章之四（《庄子·在宥》）。

"道德从此要衰废，刑罚从此必畅行。"——参阅第十七章之二（《庄子·天地》）。

第七十五章　论罚（四）

民之饥，以其上食税之多，是以饥。民之难治，以其上之有为，是以难治。民之轻死，以其上求生之厚，是以轻死。夫唯无以生为者，是贤于贵生。

【语译】

人民为什么饥饿？因为在上的人聚敛太多，弄得人民无法自给，所以才饥饿。人民为什么难治？因为在上的人多事妄作，弄得人民无所适从，所以才难治。人民为什么不怕死？还不是因在上的人奉养过奢，弄得人民不堪需索，所以才轻死。

假使在上的人，能够看轻自己的权势，恬淡无欲，清静无为，那么，比起贵生厚养，以苛政烦令需索来压榨人民，就要好多了，这种情形也就不会产生了。

"百姓是很容易和平相处的。"——参阅第十七章之一（《庄子·徐无鬼》）

重视养生之道

《庄子》之《让王》

中山公子牟谓瞻子说："我虽身隐江海之边，心却还留恋着朝廷的荣华，请问我该怎么做才能身心如一呢？"

瞻子说："首先，你得重视养生之道。因为重视生命，就会轻视利禄。"

【注释】

---

[1] 正：直、公正的意思。奇：异常、虚伪、惊奇的意思。

[2] 奇：与奇兵的"奇"，意义相同。

[3] 化：感动、变化和教化（来自道德）之意。是"无为"的最好解释。

[4] 请参考[1]。

[5] 由于人为的法则而除去堕落。

[6] 不要做得太多。

[7] 有关这类德行之论，请参阅第三十七章之一。

[8] 不可常翻动，否则会把小鱼弄碎了。

[9] 取：拿、征服、赢得之意。

[10] 参阅第七和第六十六章。

[11] 慈：仁慈的爱，与母爱有关。

[12] 俭：节俭、俭省之意，参阅第五十九章。

[13] 参阅第三十一、六十九章。

[14] 侵入者与被侵入者。按字义作"主"、"客"解。

[15] 或有类似这种情况的感觉，如主观的谦卑。这和老子的"虚饰学"——世上最早的伪学完全一致。请参阅第四十五章的"大辩若讷"等句。

[16] 或为第六十七章的"三宝"。

[17] 厌杀者：即三宝中之慈爱。请参考第三十一章。俞樾原文为："让者胜矣。"

[18] 威：军队的权势，偶亦与"天怒"有关。另译为："民不畏天，则天怒至。"但与上下文不合。各位可以看看接下去的两章——论罚之无益，尤其是第七十四章前两句。

[19] 现在中国的箴言："善有善报，恶有恶报。"

[20] 请详阅第七十三章前五句类似的结构。

第七篇
箴 言

天下莫柔弱于水，而攻坚强者莫之能胜。以其无以易之。弱之胜强，柔之胜刚，天下莫不知，莫能行。

第七十六章　强　弱

　　人之生也柔弱，其死也坚强。草木之生也柔脆，其死也枯槁。故坚强者死之徒，柔弱者生之徒。是以兵强[1]则灭，木强则折，强大处下，柔弱处上[2]。

【语译】

　　人活着的时候，身体是柔软的；死了以后，就变得僵硬。草木活着的时候，形质是柔弱的；死了以后，形质立刻转为枯槁。所以说，凡是坚强的都是属于死亡的类型；凡是柔弱的，都是属于生存的类型。

　　从用兵逞强反而不能取胜，树木强大反而遭受砍伐来看，凡是强大自夸，心想要高居人上的人，结果必被厌弃，反居人下；而那些柔弱自守的人，最后终必受人推戴，反居人上。

第七十七章　张　弓

　　天之道，其犹张弓与！高者抑之，下者举之；有余者损之，不足者补之。天之道，损有余而补不足；人之道，则不然，损不足以奉有余。孰能有余以奉天下？唯有道者。是以圣人为而不恃，功成而不处，其不欲见贤。

【语译】

　　天道的作用，好像把弦系在弓上一样。弦位高了，便压低它；弦位低了，便抬高它；弦过长了，便减短；弦过短了，便补足它。天之道，也正是如此。

　　人之道就不是这样了。天道，是损有余而补不足；人道，乃是损不足以奉有余。那么，谁才能善体天道，把有余的奉献给天下呢？只有得道的人，才做得到啊！

　　体道的圣人，作育万物，却不自恃己能；成就万物，也不自居其功。能如此做到无私无欲，因任自然，不想表现自己，才能体察天之道，才能把有余的奉献给天下。

足就是福

《庄子》之《盗跖》

　　足够是福，有余是祸，凡物莫不如此，其中尤以财货的为害最大。

第七十八章　莫柔于水

天下莫柔弱于水，而攻坚强者莫之能胜。以其无以易之。弱之胜强，柔之胜刚，天下莫不知，莫能行。是以圣人云："受国之垢，是谓社稷主；受国不祥，是谓天下王。"正言若反。

【语译】

天下没有一样东西能比水还柔弱，但任何能攻坚克强的东西却都不能胜过水，世上再没有别的东西可以替换它，也再没有比它力量更大的东西。

世人皆知弱胜强、柔胜刚的道理，却无法付诸实行，主要的原因，乃在人们爱逞一时的刚强，而忽略了永久的平和。

所以圣人说："能承受全国的污辱，才配做社稷之主；能承受全国的灾祸，才配做天下之王。"这就是"正言若反"（合于真理的话，表面上多与俗情相反）的道理。

"恃兵之险"——参阅第三十章之一。

"弱胜强"——参阅第十四章之二。

"能为国家受污辱的,才配做社稷之主。"——参阅序文。这是老子的基本学说。

第七十九章 平 治

和大怨，必有余怨，安可以为善？是以圣人执左契，而不责于人。有德司契，无德司彻[3]。天道无亲，常与善人[4]。

【语译】

既有大的怨恨，纵使把它调解，心中必然还会有余怨，这岂是好的方法？所以圣人治理天下，守柔处下，就好像掌握左契，只顺民而不向人索取，是不会去苛责百姓的。如此，则上下相和，仇怨根本不会产生，还有什么大怨要调解的？

因此，有德的君主，就如同持着左契，只顺着人而不索取于人，人心无怨；无德的君主，就如同执掌赋税，只向人索取而不给人，人多生怨。给而不取，合于天道；天道虽毫无偏私，但没有私亲的天道，却常常在帮助那有德的人！

盟约的无益

《庄子》之《列御寇》

　　用不公正的态度达到和平，即使和了也不是真和；用虚言来发誓，即使表面上看来诚信，事实上还是伪誓罢了。明智的人常被物所役使，神人却直追真理而行，这两者本已差距很远。而那愚昧的人却仍仗恃着自己的见识，沉迷于无谓的争执，不时劳苦自己的形体，这不是太可悲了吗？

天子

《庄子》之《庚桑楚》

　　人民紧随不舍的人，叫做天民；天所佑助的人，就叫做天子。

第八十章　理想国

　　小国寡民，使有什伯之器而不用，使民重死[5]而不远徙。虽有舟舆，无所乘之；虽有甲兵，无所陈之。使民复结绳而用之。甘其食，美其服，安其居，乐其俗。邻国相望，鸡犬之声相闻，民至老死不相往来。

【语译】

　　理想的国家是这样的：国土很小，百姓不多，但他们有用不完的器具，并且重视生命而不随处迁徙。这样，虽有舟车，却无可用之地；虽有武器，也没有机会陈列。使人民回复到不用文字、不求知识的结绳记事时代，有甜美的饮食、美观的衣服、安适的居所、欢乐的习俗，大家无争无隙。

　　因为都是小国，所以各国的人民彼此都可看到，鸡鸣狗吠的声音也可以听见，虽然如此，但因生活的安定，彼此之间的人民却到老死，也不会离开自己的国家与邻国的人互相往来。

至德的时代

《庄子》之《胠箧》

你难道没有听说过至德的时代吗？那时容成氏、大庭氏、伯皇氏、中央氏、栗陆氏、骊畜氏、轩辕氏、赫胥氏、尊卢氏、祝融氏、伏羲氏、神农氏等人所治理的百姓，没有过分的要求，只知结绳记事，吃得可口，穿得合身，居住安适，风俗淳朴就可以了。

虽然他们的都邑彼此相连，鸡犬之声时有耳闻，但两地的百姓直到老死，也不会离开自己的国家与别国的人互相交往。那个时代，才真正的太平啊！

第八十一章　天之道

　　信言不美，美言不信。善者不辩，辩者不善。知者
不博，博者不知。圣人不积，既以为人，己愈有；既以与
人，己愈多。天之道，利而不害；圣人之道，为而不争。

【语译】

　　真实的话不悦耳，悦耳的话不真实。行善的人，
不需言辩；好辩的人，行为反非至善。真正聪明的人
深求事理，所以知道的并不多；知识广博的人，不求
深理，所以就不是真知。

　　圣人不私自积藏，以虚无为体，以无用为用，他尽
量帮助别人，自己反而愈充足；他尽量给予人，自己反
而更丰富。天道无私，对于万物有利而无害。圣人善体
天道，所以，他的道是施与而不和人争夺的。

信言不美
《庄子》之《徐无鬼》、《知北游》

"会叫的狗不见得好；会说话的人，也不见得聪明贤能。"

"学问渊博的人，不必有真知；善于辩论的人，不必有智慧。"

既以与人
《庄子》之《田子方》

真人的神灵，穿过泰山没有阻碍，潜入深泉不会浸湿，位居卑贱不觉疲惫。其神充满天地之间而无所不在，这是因为他给人愈多，自己就愈见充实。

去哪里找忘言的人
《庄子》之《外物》

鱼饵是捕鱼的工具，捕到了鱼，就可忘掉鱼饵；兔阱是捕兔的工具，捕到了兔，也就可把兔阱忘掉。语言是表达感情和思想的工具，了解了情意，自然就该把语言忘记。但是，我到哪里才能遇到忘言的人，而和他交谈呢？

"有用言语表达的事理，也有用心意推测的事理。但是，你说得愈多，离原意也就愈远了。"

【注释】

---

[1] 强：强壮、强烈、顽固的意思。

[2] 如小枝和树干。

[3] 王弼解作"辙迹"。近代以具体的方法解释为"错迹"，这必须由战胜的一方来决定。

[4] 古本常见的引句。

[5] 按字又解作"死亡"的意思。

想象的孔老会谈

　　这是庄子虚构的故事，他本人也承认自己的作品中，十之八九都是寓言。他详述哲学思想的方法，往往是以历史上、传说中，或自己虚构的人物为主，不时为这些主角安插谈话的机会。

　　因此，在他的作品里，充满了无法逐字记载的会话。只要看过云将和鸿蒙，光曜与泰清，黄帝、无为和无始，以及"伯昏无人"和"叔山无趾"等人的会谈故事，就不难明白他的取材了。

　　本篇描述虽为想象，但其间也会提到不少孔老时代的历史事实。一般传言，老子较孔子年长，而孔子一生只见过他一次。当然，由道家经手的文章，总是把孔子描写为接受劝告，而不是给予劝告的人。

　　在《庄子》这本书里，孔子以不同的会谈方式出现了有四五十次之多，其中还包括了孔子的弟子——颜回和子贡与道家圣者邂逅的趣闻。

　　孔老会谈共有八篇，其中之一已在第四章之一介绍过。

一

《庄子》之《天道》

　　孔子想要西行至周，把他那些珍贵的书藏在周室。子路思考了一会儿，便对他说："听说周室有个掌管图书的人，名叫老聃，现在已退职归隐，老师如果要藏书，不妨找他试一试。"

孔子说："好吧！"

于是孔子到了老聃的住所，请求他代理藏书，老子说什么都不答应，孔子只得用十二经[1]来向他解说。还没有说完，老子就打断他的话："你说得太复杂了，还是告诉我一些简要的思想吧！"

孔子说："最简要的就是仁义。"

老子问："请问，仁义是不是人的本性？"

孔子说："是的，君子如果不仁便成不了德，不义就没有正当的生活方式。仁义实在是人的本性。否则，除了仁义还有什么可做的？"

老子又问："请问，什么叫做仁义？"

孔子说："心中坦诚欢乐、博爱无私，便是仁义的本质。"

老子说："唉！你这些近似后世浮华的言论啊！说到兼爱，那不就迂腐了吗？所谓的无私，才是真正的偏私啊！如果你真想使得天下苍生皆有所养，何不顺着天道而行？要知道，天地本有一定的常道，日月星辰也自有其光明和行列，禽兽本有群类，树木也各自生长。

"你又何必高举仁义，生怕众人不知似的，拼命击鼓去找寻那迷失的人呢？你这么做，是在迷乱人的本性啊！"

二
《庄子》之《天运》

孔子已五十一岁了，还不曾听过大道的事，于是他南行到沛[2]这个地方去见老聃。老聃看他来了，便说道："听说你是北方的贤人，是不是已经悟解大道了？"

孔子说："还没有。"

老子又问:"你怎么去寻求的?"

孔子说:"我从制度上寻求,已经有五年了,可是到现在还没有得到。"

老子再问:"那么,你是如何寻求真理的?"

孔子答道:"我从阴阳变易的道理中寻求,已经有十二年了,仍未得到。"

老子说道:"不错。假如道是可以贡献的,没有一个人不把它当做礼物送给国君;假如道是可以进奉的,没有一个人不把它拿去进奉给双亲;假如大道可以说给人听,那么人们早就告诉自己的弟兄了;假如大道是可以传授的,人们也早就传给了自己的子孙。

"但是,直到现在还没有一个人得到'道',没有别的缘故,实在是因为本心还没有领受到大道的本质。本心不曾领受,大道怎会留存?何况在外没有与本心配合的对象,大道自然也难于运行。

"若出自本心,外在不能接受的,圣人就不会拿来传授;若是出于外在,其本心又无法接受的,圣人也不会强迫自己来接受。要知道,名声是天下共用的,不可多取,多取便容易造成混乱;仁义,是先王的旅舍,只可留宿一夜,若是久居常见,责难也就相继而起。

"古代的至人,时而假借仁道而行,时而寄托义理而止,没有一定的常迹,仅求能自由自在地遨游就够了。他们靠贫瘠的田地而活,赖荒芜的菜圃而生。然而,就因他逍遥自在,所以能无为;就因为贫瘠,所以容易生活;就因为荒芜,所以才没有损失。古人认为只有这样,才是本真行为的表现。

"显达的人,不能辞让禄位与人;有名望的人,也不能把声名让给别人;位高势大的人,更不能给人权柄。因为获得这项权柄的人,有了就害怕失去;真失去了又悲伤莫名。他们对这些权势毫无所知,却又渴慕那无休止的物欲,自己陷身其中而无法自拔,这是上天给他们的惩罚啊！

"恩、怨、取、与、谏、教、生、杀这八项，都是纠正人类行为的工具，只有顺从自然而不滞塞的人，才能使用这八项工具。所以说：'自己端正了，才能正人。'本心看不到这些道理的人，他的心智也就闭塞不明。"

三
《庄子》之《天运》

老子说："仁义就像朝眼睛撒灰沙一样，让人刹时分辨不清四周的方位；又像叮人皮肤的蚊虫，叫人整夜无法入眠。仁义伤人本性，迷人心智，从这里就可以看出。

"如果你不希望天下人丧失淳朴的本性，就应该顺自然而动，世人自会树立自己的德行，又何必劳心费力，像那背着大鼓去找寻迷路小孩的人一样，大呼小叫地高喊仁义之说呢？

"鸿鹄不是天天洗澡才洁白，乌鸦也不是天天染漆才变黑，它们黑白的本质，原是出于自然，不足以作为美丑的分别。那么，声名令誉又何尝能增益人的本性？

"困在干泉里的鱼，彼此喘着气，吐着涎沫湿润对方以生，这样求生不是太痛苦了吗？还不如逍遥于江湖，彼此不认识来得好啊！"

四
《庄子》之《天运》

孔子对老子说："我研究《诗》、《书》、《礼》、《乐》、《易》、《春秋》六经，自以为研究的时间够久，书中的含义也够明白了，便去求见七十二位国君，和他们讨论先王之道，阐明周公、召公的政绩，但是没有一个国君肯听我的。要劝说人了解真理实在太难了。"

老子说："你还算侥幸呢！没有碰到一位真要治世的国君。否则，你那些'道'就行不通了。你所说的六经，是先王陈腐的遗迹，并不是先王的真迹！所谓迹，只是鞋印，不是鞋子本身。

"雌雄的水鸟相互凝视不动，自然就产生出幼鸟；雄虫在上鸣叫，雌虫在下应和，借着回声而受孕；还有一些雌雄同体的动物，因遥感而自生。它们的天性不能更改，命运也无法转移。这就跟时光不能停止，大道不可壅塞一样的自然。

"得到道的人，任何地方都可去得；失去道的人，到哪里都行不通。"

孔子返回住所，三月不曾出门。不数日又来见老子说："我知道了。鸟鹊孵卵而化育，鱼类传沫而生子，蜂类昆虫遥感而自生。尤其是那昆虫，一生下弟弟，哥哥就哭泣（因以母奶喂婴）。我已经有好长一段时间，没有和造化冥合。没有看到万物的天性，怎么能去教人呢？"

老子说道："不错，你已经明白这个道理了。"

五
《庄子》之《田子方》

孔子去见老子，老子刚洗过澡，正披头散发要晾干它。但见他木然直立的神情，煞是惊人，看起来就像是具尸体。孔子只得在外面等了一会儿，才再去求见，他说道："是我眼睛看错了，还是事实本就是如此？刚才先生的形体就跟枯木一样，卓然直立若脱离了人世。"

老子说："我正在万物刚开始的境界中游荡。"

孔子问："这句话怎么说？"

老子答："这种境界很难说得明白。不过，我还是把大概的情形告诉你吧！天地的阴阳之气，本是一动（阳）一静（阴）；静出于天，动来自地，阴阳相交，万物丛生。你可以看到这种现象的关系，却看不到阴阳两气的形体。

"阴消阳息，夏满冬虚，夜晦昼明，日迁月移等变化，无时不在进行，却看不到它的功能所在；生有起源，死有归宿，遗憾的是却又找不到它的端倪和穷尽。这一切的一切若非道在推动，那会是谁？"

孔子又问："请问在万物刚开始的境界中闲游是什么感觉？"

老子回答说："能够到达'道'的境界，必是最完美、最快乐的。也唯有至人才可以达到这种地步。"

孔子问："你可以再详细地说说吗？"

老子答道："譬如：食草的野兽，不怕移居草泽；生长在水中的昆虫，不怕移居池沼。这是因为变动少，没有影响到它们正常的生活。了解了这个道理，那么，喜、怒、哀、乐的变化，就扰乱不了我们的心怀，因为万物本就是同一的啊！

"知道天下万物本为一的道理，便会视四肢百骸为尘垢，生死循环为昼夜一般，对那身外的得、失、祸、福再也不会去计较。能做到弃声名如抛泥土一样的人，知道本身的一切重于外在的得失，也就能与时俱变，不会因外界的变化而觉得丧失了什么。

"何况那万物的变化，原就是无终无始，人心有什么好忧虑的？唉！唯有修道的人，才能了解这个道理啊！"

孔子问："先生的德行已可配合天地，还需依赖'智言'来修养心性。古代的君子不知道修养心性的事，那么他们是怎么成为君子的呢？"

老子说："你这就错了。拿水来说吧！水相冲激，自然成声，这是水的本质。至人的道德，也就像水激成声一样，是来自'自然'，不是'修为'。

"天自然就有那么高，地自然就有那么厚，日月自然就有那么光明，难道它们又有什么修为吗？"

孔子回去后，把这些话告诉了颜回，然后说道："对于大道，我就像瓮中的蠓虫一般，了解得太少。要不是先生为我启蒙，到现在我还不知道天地有多大呢！"

六
《庄子》之《天地》

孔子对老子说："一些研究政治之'道'的人，常常为是非、可否的观点争执不下。辩论的人说：'离坚白、别同异是很容易的事，就好像把它们悬在屋角一样，是再简单不过了。'这种人可以称做圣人吗？"

老子回答说："这种人和掌乐舞、掌占卜的官一样，被技能所累，不过是劳形伤身罢了。狗要不是因为会捕狸，怎会招来忧患？猿猴要不是因为身手敏捷，又怎会被抓出山林的？丘啊！我告诉你一些你从未听过和你无法用言语表达出来的事吧！

"世上有头有脚、有始有终、无心无耳，而能自化的人很多，但却没有一人知道有形无形能同时存在，以及动若止，死若生，穷似达的道理。

"治事在于随顺各人的本性，一任自然的发展，若是能忘掉周围的事物，忘掉自然，甚至能忘掉自己，就可以和自然冥合了。"

七
《庄子》之《天运》

孔子见了老子，回去后足足有三天不曾开口说话。

308・老子的智慧 |
The Wisdom of Laotse

他的弟子问他说："老师见了老子，给了他什么忠告呢？"

孔子说："给他忠告？我到现在才看见龙啊！龙的精神相合就成妙体，迹散便成彩云，能够乘坐云气便能配合阴阳了。看到这种情形，我只有张口结舌的份儿，哪还能给他什么忠告！"

子贡说："这么说，真有人能够达到，静时若尸体，动时似神龙，说话时如雷霆，沉默时若深渊，发动时又若天地般的不可测度吗？我可不可以去看他呢？"

于是就以孔子的名义去拜见老子。老子盘坐堂上，细声问他："我年纪已经老迈了，你还有什么要规劝我的？"

子贡说："那三皇五帝治理天下的方法虽不同，人们爱戴他们的心却是一样，为什么独有先生认为他们不是圣人？"

老子说："年轻人，你走到跟前来，告诉我你怎么知道他们治理的方法不同？"

子贡回答说："尧让位给舜，舜让位给禹，禹因治水而得天下；汤因用兵伐桀，以武力得到天下；文王顺从纣王，不肯背逆；武王却背叛纣王，不肯顺从。这就是他们不同的地方。"

老子说："年轻人，你再走近些，我告诉你三皇五帝是怎么治理天下的：黄帝治理天下时，人必纯一，纵使双亲去世也不会哭泣，而人们并不以为这有什么不对。

"尧治理天下时，使人尊敬双亲，疏远别人，人们也不以为这有什么不对。到舜治天下时，人心相竞，孕妇十个月就生孩子 [3]，婴儿长到五个月就会说话，不到三岁，便知道人我的分别了，早夭的情形，从此开始出现。

"禹治理天下时，使人机巧虚伪，以杀伐为顺天应人，自认为诛杀盗贼不算是杀。于是群党自立，儒墨大兴，开始时还算合理，现在竟成了漫天瞎谈的乌合之众。

"三皇五帝治理的天下，名义上说是治理，事实上却是祸乱的根源。他们的智慧，蒙蔽了日月的光辉，消灭了山川的英华，扰乱了四时的运行，其心智比蝎子的尾巴还要狠毒，小小的兽类，也不可使本性和真情获得安宁。他们安不了人们的本性，还自以为是圣人，未免太可耻了！"

子贡听了，顿时脸色大变，坐立不安。

【注释】

---

[1] 孔子和庄子时代的引证，都说是"六经"。至于"十二经"的说法，有各种不同的注解。

[2] 传说是老子的家乡。

[3] 按古注：怀孕的妇女，十四月生育，幼儿两岁才能说话。

图书在版编目（CIP）数据

老子的智慧 / 林语堂著；黄嘉德译. —长沙：湖南文艺出版社，2011.12
ISBN 978-7-5404-5193-6

Ⅰ.①老…　Ⅱ.①林…　②黄…　Ⅲ.①老子—思想评论
Ⅳ.① B223.15

中国版本图书馆 CIP 数据核字（2011）第 210372 号

上架建议：名家经典·传统文化

老子的智慧

作　　者：林语堂
译　　者：黄嘉德
出 版 人：刘清华
责任编辑：丁丽丹　刘诗哲
监　　制：吴成玮
策划编辑：丁　健
装帧设计：利　锐
出版发行：湖南文艺出版社
　　　　　（长沙市雨花区东二环一段 508 号　邮编：410014）
网　　址：www.hnwy.net
印　　刷：北京鹏润伟业印刷有限公司
经　　销：新华书店
开　　本：880mm×1230mm　1/32
字　　数：250 千字
印　　张：10
版　　次：2011 年 12 月第 1 版
印　　次：2013 年 1 月第 3 次印刷
书　　号：ISBN 978-7-5404-5193-6
定　　价：28.00 元
（若有质量问题，请致电质量监督电话：010-84409925）